AF431811

JOAQUIN RUIZ

DIALOGUES SUR UN BANC

*PAR TEMPS DE GUERRE CIVILE*

« *Celui qui raconte l'histoire a toujours*
*une énorme responsabilité*
*... car, un jour, la vie finit toujours par*
*ressembler aux livres.* »

Javier Cercas

C'est le matin. Il fait encore frais pour un mois de juillet. Le Jardin des Plantes est vide et silencieux. Seuls quelques oiseaux volettent, se posent et sautillent en poussant de petits cris timides. Parfois les plus hardis viennent boire et se baigner dans une flaque d'eau, puis posent leur ventre dans le sable et s'ébrouent en y creusant une sorte de nid.

Autour du jardin la ville attend, elle fait silence, retient son souffle.

Sur un banc à l'ombre, près des cyprès, un vieillard s'est assis, vêtu d'un costume de lin gris clair. Un chapeau noir à larges bords enfoncé sur sa tête laisse dépasser quelques boucles de longs cheveux blancs à l'arrière. Sous son chapeau on devine des lunettes rondes à monture métallique argentée et une barbe blanche.

Il a posé un livre sur le banc. Un vieux roman d'Amos Oz, traduit en 2016.

Il a sorti un cigare de son étui de cuir fauve et commence à le chauffer en le faisant tourner au-dessus de la flamme de son briquet. C'est un Epicure n°2 de Hoyo de Monterrey. Il l'allume, en tire deux bouffées et ouvre son livre.

A ce moment, par le portail donnant sur le Grand-Rond, arrive à grandes enjambées, penché en avant, un adolescent maigre et pâle, les cheveux crépus rouquin clair, vêtu d'un jean gris froissé et d'un tee-shirt blanc, chaussé de Converse d'un bleu délavé, un appareil photo en bandoulière, un vieux Canon reflex argentique AE-1.

Il passe d'abord loin du vieillard, le contourne à vingt mètres sans le quitter des yeux, en fait lentement le tour en se rapprochant par cercles concentriques, puis s'arrête à cinq mètres. Le vieillard lève les yeux de son livre.

L'adolescent s'approche encore, timidement, lui montre son appareil photo, et lui parle.

« Bonjour Monsieur, excusez-moi d'interrompre votre lecture. Voilà, je prenais des photos des arbres et des animaux dans le Jardin des Plantes, puis quand je vous ai vu j'ai eu l'idée de vous photographier aussi, avec votre accord bien sûr.

— Viens t'asseoir près de moi et explique-moi d'abord ce que tu veux faire en photographiant tout ça.

— La photo c'est depuis cette année de Troisième. Je suis au Collège Bellevue depuis que j'habite chez ma sœur à Rangueil. J'ai trouvé ce vieil appareil d'occase au marché aux puces de Saint-Sernin. Au début je photographiais les rues, les places, les monuments, les ponts, la Garonne, comme sur les cartes postales. Puis je me suis mis à photographier les gens que je croisais. Ce que j'aimais surtout c'étaient les mariages catholiques à Saint-Sernin ou à Saint-Etienne, les mariages musulmans au Capitole ou au Grand-Rond, et aussi les marchands et les clients sur les marchés. Au bout d'un moment je me suis aperçu que les gens en entier ça ne donnait rien d'intéressant, alors j'ai eu l'idée de n'en photographier qu'une partie, une chaussure, un chapeau, une oreille, une main … Et là j'ai vu que c'était bien mieux : ça n'avait rien à voir. Si tu prends tout, tu vois rien. Depuis je ne photographie que les détails : jamais une rue ou un monument en entier, jamais une personne en entier, juste un détail caractéristique, d'après moi en tout cas.

— C'est intéressant tout ça. Et après, qu'est-ce que tu comptes faire de toutes ces photos ? C'est un appareil argentique, alors tu es obligé de faire des tirages papier, non ?

-- Pour le moment je fais des tirages noir et blanc avec le matériel de l'atelier photo du Collège. J'affiche les plus beaux dans ma chambre, je range les autres en petit format dans des albums. Je garde tous les négatifs. Un jour j'espère pouvoir faire une vraie exposition en triant dans toutes mes pellicules.

— Le noir et blanc je préfère aussi. Ted Grant (un photo-journaliste canadien) disait : « *Si vous photographiez les gens en noir et blanc, vous photographiez leur âme. Alors qu'en couleur vous photographiez leurs vêtements.* »
Et pourquoi ce matin m'as-tu choisi comme sujet, moi, spécialement ?

— Dès que je vous ai vu assis là, je me suis dit que vous deviez être un prof à la retraite, ou un écrivain, ou un rabbin : le chapeau, les lunettes, la barbe, le cigare et le livre, vous aviez tous les signes. Et puis vous étiez tout seul dans ce jardin, comme si la ville n'existait plus autour de vous. C'était une scène très symbolique qui m'a frappé d'entrée. Alors j'ai eu tout de suite envie de photographier votre main tenant le cigare avec la fumée qui s'en échappait à contre-jour juste au-dessus de votre barbe et devant vos lunettes.

— Tu es un bon observateur. Tu as presque tout juste, sauf rabbin. En fait je suis psychiatre à la retraite, et aussi tout le reste.

— Je peux vous appeler Doc alors, ce n'est pas trop familier ?

— Va pour Doc si tu veux. Et toi, comment est-ce que je peux t'appeler ?

— Moi c'est Yazid. C'est un prénom kabyle, ou berbère si vous préférez, ou amazigh c'est selon. Mes parents viennent d'Algérie, des montagnes du Djurdjura, d'un petit village à l'Est du Lalla-Khadidja. Moi je suis né ici et je ne suis jamais allé là-bas mais j'ai vu à la télé, sur Internet et dans les bouquins que c'est un pays magnifique, rude et beau, et fier. Ses habitants ont résisté à tous les envahisseurs depuis l'Antiquité, aux colons français au XIX°, puis à la bureaucratie militaire d'Alger, et enfin aux fous du FIS et du GIA. Ça s'est toujours fini par des massacres. Mais ils ont conservé leur langue, leur littérature et leur culture. C'est leur fierté.

— Je vois que tu viens d'une longue tradition de résistants. Tu auras bien besoin de t'appuyer sur eux ici, aujourd'hui. On est toujours plus fort quand on a des ancêtres qui ont résisté. La soumission n'est pas dans nos gènes. Moi mes parents venaient de deux petits villages près de Huércal Overa, Arboleas et Los Gallardos, dans la province d'Almería en Andalousie : c'est pas très loin de chez les tiens, juste de l'autre côté du dernier bras de Méditerranée qui se referme à l'ouest à Gibraltar, dans la passe entre l'Europe et l'Afrique. Après c'est l'Océan et l'Amérique. C'étaient presque des voisins, et leurs ancêtres ont eu une longue histoire ensemble en Andalousie, avant d'être séparés à la fin du XV° siècle.

Mes parents ont d'abord émigré en Catalogne pour échapper à la misère, puis se sont réfugiés en France pour échapper à Franco en 1939 …

… Et toi, à part la photo, tu as d'autres activités qui t'intéressent ?

— Oui, je lis beaucoup de romans que me prête ma prof de Français. J'ai commencé à l'école primaire avec les livres de la bibliothèque que me prêtait mon instit.

— Je m'en doutais. Tu ne parles pas comme les jeunes de ton âge. Tu parles la même langue que moi : celle des livres.

— Et puis j'écris des poèmes aussi, très courts, juste trois ou quatre vers. Mais il n'y a pas de rimes, je ne sais pas si ça compte, comme poème je veux dire.

— Je pense que oui : il peut y avoir poésie quel que soit le nombre de vers, et que la fin de chacun rime ou non. Elle ne t'a pas dit ça ta prof de Français ?

— Je ne lui en ai pas parlé et je ne les lui ai pas montrés, parce que j'ai un peu honte. C'est assez gonflé de dire : j'écris des poèmes. Mais à vous que je ne connais pas, peut-être que je pourrai les montrer si vous êtes d'accord Doc …

— Je veux bien.

— Tenez, voici le dernier, que j'ai écrit hier soir. J'avais pris en photo le matin un moineau près d'ici, pendant qu'il faisait sa toilette dans une flaque d'eau, puis au moment où il se séchait dans le sable. Voici la photo. »

Le moineau écarte les ailes
et creuse un nid dans le sable
avec son ventre blanc

J'ai bien aimé parler avec le vieux monsieur au Jardin des Plantes. On s'est donné rendez-vous demain matin à neuf heures. Il faudra que je lui pose des tas de questions que je n'ose poser ni à mes profs, ni à mes camarades de classe, ni bien sûr à ma mère ou à ma sœur : j'ai peur qu'ils me prennent tous pour un fou.

Mais lui il a l'habitude des fous, des vrais, alors il ne refusera pas de me répondre sous prétexte que ça ne se fait pas de poser ces questions bizarres.

La première de toutes, celle qui me tracasse le plus en ce moment : si je m'intéresse aux livres et à la cuisine, si j'écris des poèmes et photographie des détails, est-ce que ça veut dire que je suis homosexuel ?

Je vais commencer par la lui poser, dès que j'oserai.

A la fin du jour Yazid monte souvent au-dessus de Rangueil, au sommet de la colline de Pech-David, et contemple vers l'Ouest le soleil qui descend sur la rive gauche de la Garonne.

Parfois il y monte aussi le matin pour regarder de l'autre côté le soleil se lever du côté de Castres, à l'heure où il allait en cours autrefois, quand le Collège Bellevue était encore ouvert.

Cette colline c'est son oasis, très loin et très haut au-dessus de Toulouse. Il y a des sentiers pour courir : il aime bien voir passer les filles qui font du jogging. Il y a aussi des chemins pour se balader simplement au milieu des arbres. Chacun a sa pancarte avec son nom en français et en latin : chêne pubescent, orme, frêne, robinier, merisier, prunellier, érable, micocoulier, noyer, troène, pommier, aubépine, peuplier, noisetier, charme, églantier. Il y a même des noms qu'il n'avait jamais entendus : ailante, viorne lantane, fragon, cornouiller sanguin, arbre de Judée… Il les a tous notés et photographiés. Il a fait un carnet spécial pour tous les arbres de Pech-David.

Il aime bien aussi se promener sur l'herbe en dehors de la zone des arbres, et surplomber la Garonne qui délimite le sud-ouest de

Toulouse, la Poudrerie, l'Oncopôle, l'hôpital Marchant, la Fac de Lettres et les cités du Mirail avec le lac de Reynerie où il est né. C'est son coin de ville qu'il aime bien voir d'en haut quand le soleil se couche très loin vers le bout des Pyrénées.

Parfois il va au pied de l'antenne qui surplombe le château d'eau. De là il a une vue à 360° sur le reste de la ville, son collège, les hôpitaux Rangueil et Larrey, les quatre facs scientifiques et les écoles d'ingénieurs, le Sud, l'Est et le Nord de Toulouse.

Vue de très loin et de très haut au coucher du soleil, la ville a l'air calme et silencieuse. On dirait qu'elle n'a pas changé.

« J'adore lire depuis l'école primaire, surtout les romans. La maîtresse l'a vu et m'a prêté des livres à elle qui n'étaient pas dans la bibliothèque pour mon âge.

Au collège ma prof de français a pris le relais.

Du coup, tous les garçons se moquent de moi, et même certaines filles, parce que je suis le chouchou de la prof, que je fais tous les exercices et les rends le jour dit. Et surtout parce qu'elle lit mes devoirs à haute voix devant tout le monde. Ça c'est le pire. Je ne sais pas où me mettre.

— Et à l'oral j'entends bien que tu ne peux pas parler leur jargon avec leur accent. La langue elle te distingue. Elle marque ton appartenance et ton origine. Toi, tu es tombé tout petit dans la langue française, celle des livres, comme Obélix dans la potion magique. Tu ne peux plus parler leur langue, qui n'est ni le français ni l'arabe.

— D'accord, je ne parle pas leur langue, mais pourquoi ils pensent que, du coup, je ne suis pas un vrai garçon, un mâle ?

— Tu es victime d'une idéologie qui répartit les rôles masculins et féminins de façon très rigide et caricaturale, et qui mélange tout, classe sociale et genre.

Ecouter les profs, leur obéir, prendre des notes, étudier les leçons, faire les devoirs, poser des questions, s'intéresser aux mêmes choses qu'eux, c'est bon pour les bourgeois ou les filles.

Ne pas s'intéresser à l'école, s'absenter, arriver en retard, ne pas étudier, ne pas faire les devoirs, accumuler les zéros, être arrogant et provocateur, affronter les profs, c'est bien pour les pauvres et les garçons.

Si un garçon adopte le premier type de comportement c'est qu'il est traître à sa race, il mime les bourgeois, et il n'a pas les couilles, c'est pas un vrai garçon : c'est donc un pédé.

Mais ça bien sûr c'est un jugement arbitraire. L'insulte ne doit pas t'inquiéter, ce n'est pas un diagnostic, c'est juste un mot de mépris qui selon eux est injurieux.

Tu dois être assez fort pour passer outre.


— Dans mon nouveau collège ça va à peu près : je ne passe pas trop pour un extra-terrestre. Le problème c'est avec les jeunes de ma cité, quand je reviens chez ma mère le week-end. Déjà je n'apporte ni mon cartable, ni mes livres, ni mon appareil photo : ils me piqueraient tout ça pour m'humilier, parce qu'ils sentent que je ne suis pas comme eux et que je me suis déjà échappé de leur ghetto.

— Et c'est vrai que tu n'es déjà plus des leurs. Ils ont raison.

— Mais je ne suis pas pour autant devenu un bourgeois, ni une fille. Je ne suis ni l'un ni l'autre.

— Tu es une exception. Un pied sur chaque rive. Mais n'essaie pas de faire le grand écart : chacun te demandera de rester sur sa rive à lui. Tu dois juste devenir cet être unique que tu es, sans te préoccuper d'eux.

— Il y a des livres là-dessus, Doc, écrits pour des gens comme moi ?

— Oui. Tu pourrais commencer par Nietzsche et Gide. Je t'apporterai ça la prochaine fois.

— Ok. Tenez Doc, voici mon dernier poème. Je l'ai écrit hier en regardant les canards sur le Canal du Midi. Et voici la photo du croupion du colvert quand il mange, la tête sous l'eau. »

Le colvert fait le poirier dans
l'eau,
tête en bas et cul en haut

Le généraliste de La Reynerie c'est un nouveau, tout jeune. C'est le Docteur Ruffié. Il vient de l'Ariège. Il a encore des boutons sur la figure comme les ados. C'est un grand blond voûté avec de petites lunettes rondes. On dirait pas un vrai Docteur. Il vient tout juste de sortir de la Fac, mais il a l'air de s'y entendre, il a un gros carnet avec toutes les maladies écrites dedans, leurs symptômes et leur traitement, et surtout il prend tout son temps pour examiner et interroger. Il n'est pas toujours le nez sur son ordinateur. Il ne fait pas une ordonnance en deux minutes. Il note sur ses fiches bristol tout ce qu'il y a à savoir sur un patient.

C'est le dernier qui résiste à La Reynerie. Tous les autres sont partis de la cité en quelques années.

Ils en ont eu marre de se faire agresser pour de l'argent dans les halls d'immeuble quand ils revenaient d'une visite à domicile, ou le soir dans leur cabinet pour une ordonnance de Subutex.

Il est le seul à se déplacer et à aller chez les gens, même la nuit, quand ils sont trop vieux ou trop malades pour pouvoir marcher jusqu'à son cabinet. Souvent il ne fait pas payer le déplacement, ni le tarif de nuit, et il fait semblant de croire qu'ils ont tous le tiers-payant.

Les vieux l'adorent. Ils lui donnent toujours une portion de couscous ou de tajine quand il vient les soigner le soir. Pour qu'il mange quand même quelque chose de chaud en rentrant chez lui.

Tout le monde se demande combien de temps il va tenir avec tous ces fous dans les coursives et au pied des immeubles.

Quand Yazid a une angine ou une gastro il discute avec lui au sujet de ses problèmes à l'école et dans la cité. Il l'a encouragé à aller en parler avec un psy en ville. Mais sa mère ne veut pas : *« Mon fils n'est pas fou »*.

Qu'est-ce que ça veut dire « se définir » ?

Je suis un garçon
Je suis un ado
J'aime regarder les filles
Je suis kabyle
Je suis un fils d'immigrés algériens
Je viens de La Reynerie
Je ne suis pas costaud
Je suis pâle et rouquin
Je suis doux, gentil et poli
Je fume pas, je bois pas
Je suis un bon élève
J'aime les livres
J'écris des poèmes
Je fais des photos de détails

ou bien, je suis Yazid ?

Mais qui peut savoir qui est vraiment Yazid ?
Qui est le mieux placé pour le savoir ?
Moi ou les autres ?
Moi ou le psy ?

Je suis peut-être juste une énigme que personne n'arrive à décrypter.

Il faut que je lui demande si c'est possible ça, d'être « juste une énigme ».

Gilabert sourit : « Juste une énigme ? je crois que j'ai bien fait de t'amener Gide aujourd'hui, *Les Nouvelles nourritures*, écoute ça :

« Connais-toi toi-même. *Maxime aussi pernicieuse que laide. Quiconque s'observe arrête son développement. La chenille qui chercherait à « bien se connaître » ne deviendrait jamais papillon.* »

— Si j'ai bien compris, ça voudrait dire que je ne suis pas quelque chose de figé définitivement et qu'on pourrait définir une fois pour toutes comme un objet inerte, un caillou par exemple. Je suis vivant. Je suis en perpétuel changement. C'est ça ?

— Et en perpétuelle construction.

— Et du même coup en perpétuelle déconstruction ?

— Dis donc tu carbures vite ce matin ! Je vais avoir bientôt du mal à te suivre. Tu as bu combien de verres de thé ?

— C'est vrai que je n'arrivais pas à dormir cette nuit. Alors j'ai regardé le soleil se lever depuis le balcon, et

j'ai pris trois photos pour suivre son
ascension. »

La ville est calme ce matin
vide et silencieuse
le soleil s'est levé tout seul
pour personne

C'est la nuit. On distingue au loin un feu rouge clignotant qui doit signaler le sommet d'une colline. Rien d'autre. Au pied de la colline on devine, faiblement éclairée par la lune, une ville, très grande, séparée en deux par le tracé incurvé et brillant d'un fleuve. Aucun lampadaire ni réverbère ne l'éclaire.

Autrefois cette ville émettait sans doute la nuit une lueur orangée, un halo que l'on apercevait à des kilomètres quand on se dirigeait vers elle en voiture, somme des milliers de petits lumignons que les satellites pouvaient repérer et compter.

Autrefois l'avion venu du Nord l'aurait contournée par l'Est, serait descendu jusqu'au confluent de l'Ariège et de la Garonne à Portet, puis aurait viré sur l'aile droite, aurait survolé le Mirail tout en poursuivant sa descente vers la piste balisée de bleu de Blagnac.

Cette nuit, l'avion qui a amorcé sa descente depuis Montauban vole beaucoup plus à l'Est, contourne de très loin les cités du Nord, passe au large de Saint-Jean, Montrabé et Balma, descend jusqu'à Saint-Orens, vire sur l'aile droite et, sans traverser la Garonne, en évitant de survoler le Mirail, pointe le nez vers la petite piste de Montaudran récemment restaurée, la piste de Latécoère et de l'Aéropostale, celle de Mermoz, Guillaumet, Vachet et Saint-Exupéry. Il heurte le sol à très faible allure, rebondit et freine brutalement pour s'arrêter au bout de deux cents mètres. Les quinze passagers dévalent l'escalier et traversent le tarmac en se pressant vers la petite porte faiblement éclairée d'un vaste bâtiment qui, dans le temps, était vraisemblablement un hangar pour réparer les avions. Une fois à l'abri ils se regardent et poussent un soupir de soulagement.

Le seul avion de nuit est arrivé, le Paris/ Toulouse de 23 heures, un ATR 42-600. Un minibus de l'armée de l'air embarque les passagers et fonce en direction du centre de Toulouse. Il les débarque en haut des allées Jean-Jaurès et chacun se presse vers sa destination finale, son hôtel ou son appartement. A pied, en portant son trolley pour ne pas faire de bruit. En rasant les murs.

« C'est curieux que vous fumiez toujours le cigare, Doc, jamais la cigarette. C'est pour vous la jouer intellectuel, vieux sage ? C'est pour avoir l'air viril, comme la barbe et le chapeau ?

Vous vous prenez pour Freud ? Vous voulez mourir vous aussi d'un cancer à la mâchoire ? En plus votre cigare est très long et très gros, comme ceux de Freud, de Churchill, de Fidel Castro ou de Che Guevara. C'est un peu trop, non ?

— Je vois où tu veux en venir : symbole phallique diraient les psychanalystes. Mais Freud, qui fumait toujours en faisant cours, avait répondu par avance à cette interprétation sauvage : « *Il y a des jours jeune homme,* disait-il à un de ses étudiants qui ricanait, *où un cigare n'est qu'un cigare.* » Pour moi c'est juste pour le plaisir incomparable du goût. Rien à voir avec vos horribles cigarettes américaines bourrées de produits chimiques addictifs et de toxiques cancérigènes qui attaquent vos bronches.

— Le cigare c'est trop cher Doc, c'est un luxe de bourgeois. Moi, de toute façon, je ne fume ni cigarettes ni shit. Je ne supporte pas la fumée dans la gorge. Je ne vois pas où est le plaisir, ça me fait juste tousser.

— Ce n'est pas moi qui te le reprocherai. La cigarette c'est un signe social de sortie de l'enfance et un rituel de passage chez les grands. Les filles s'y sont mises aussi. Elles pensent que ça leur donne l'air affranchies. Elles deviennent aussi débiles que les garçons.

— J'ai compris Doc : quand un jeune fume des clopes c'est débile, alors que quand un vieux fume le cigare c'est pour le raffinement du plaisir : hédoniste et classe.

— Et ne va pas penser que c'est du racisme anti-jeunes.

— Bien sûr Doc. Vous êtes philosophe, alors forcément vous ne pouvez pas être raciste, par définition.
Parlons de tout autre chose : vous saviez que des mouettes remontent la Garonne jusqu'à Toulouse ? Certains disent que ce sont des goélands en fait. Moi je préfère continuer à les appeler des mouettes. C'est plus joli.
J'en ai vu plusieurs hier soir au Bazacle, je les ai photographiées planant dans les airs puis se posant sur la chaussée qui traverse le fleuve, et j'ai écrit un poème. »

La mouette pose sa voile blanche,
virgule sur le dos du fleuve

« Vous avez déjà soigné des vrais fous, Doc ? Je veux dire pas des gens normaux qui dépriment ou qui angoissent, mais des vrais, qui parlent tout seuls dans la rue, qui entendent des voix, qui se prennent pour des extra-terrestres ?

— Tous les vrais fous sont des extra-terrestres. Ils sont en mission chez nous et essaient de nous transmettre un message que nous n'arrivons pas à entendre parce qu'il nous dérangerait trop.

Les fous, on a d'abord tenté de les rendre invisibles, en les enfermant dans des asiles puis dans des hôpitaux éloignés des villes.

Ensuite on a essayé de les rendre inaudibles, en les assommant de médicaments neuroleptiques avant de les relâcher dans la nature (parce que ça coûte quand même cher de les garder enfermés). La chimie a réussi à les faire taire. Tu as dû en croiser souvent en ville qui marchent comme des zombies et qui n'embêtent personne. Leurs étranges monologues ne nous dérangent plus. Pourtant si tu les écoutes bien quand ils ne sont pas trop assommés, ils disent des choses sur nous, sur le monde et sur la vie, qui sont cash, directes, stupéfiantes de vérité et inacceptables par la télé.

Si Jésus vivait de nos jours il n'aurait pas fini sur une croix, mais dans un hôpital psychiatrique, bourré de médicaments, muet et le regard vide. Paranoïa délirante mégalomaniaque à thématique mystique : F22.0. Ça c'est le numéro de code de ces fous dans le manuel américain (le DSM 5). Tu vois qu'ils ont tout prévu, jusque dans le moindre détail !

— En gros vous me dites que vous aimez bien les vrais fous. Ceux que vous n'aimez pas ce sont les faux, ceux que vous appelez psychopathes, les voyous qui sèment la terreur, ceux qui roulent les mécaniques, ceux qui se mêlent de la vie des autres et qui prétendent tout contrôler.
Vous ne croyez pas qu'ils sont malades eux aussi ?

— Ce serait les excuser à bon compte que de leur accorder un statut de victimes. C'est ce que tentent toujours de faire leurs avocats. Non, ce sont juste des petits fumiers ou des gros salopards. Je suis sans pitié avec eux. Les bandits sont tous des fascistes : ils n'ont rien de révolutionnaire. D'ailleurs ils ont toujours fourni leurs gros bras aux municipalités de droite ou de la fausse gauche qui passaient un deal avec eux, pour casser les piquets de grève ou tabasser les afficheurs de la vraie gauche, pendant les campagnes électorales. Leur seul dieu c'est l'argent et leur seule méthode la menace, le rapport de force et la violence. Alors quand ils trouvent devant eux la police, la justice et la prison, ils supportent très mal d'être vaincus et losers. C'est la honte. Ça les rend vraiment fous pour le coup, de rage.

— Je comprends, Doc, que pour vous être fou de rage c'est pas être vraiment fou. C'est juste une expression.

— Oui, une métaphore.

— Moi je ne suis pas d'accord pour qu'on dise de tous les petits jeunes âgés de 10 à 15 ans que ce sont des salauds inexcusables. La plupart sont des pauvres gosses élevés tant bien que mal par leur mère seule, qui ont subi des violences de la part de leur père, de leurs frères aînés ou des grands du quartier, qui ont dû redoubler dès l'école primaire parce qu'ils étaient perdus avec la lecture et l'écriture et qu'ils auraient dû avoir du soutien individuel pour raccrocher quand ils étaient encore prêts à le faire, qui ont été recrutés comme guetteurs par hasard parce qu'ils traînaient dans la cité au lieu d'aller à l'école. Quand tu restes assis sur une murette ou adossé à un immeuble toute la journée et qu'un grand te propose 80 euros pour faire la même chose et avertir de l'arrivée des flics, tu es trop tenté. Ça se comprend. Tu as les billets sous le nez et tu n'as pas l'impression de faire un truc dangereux, illégal ou immoral.

— Tu as raison pour les petits jeunes embrigadés dans les bandes, mais ceux qui arrivent à prendre du pouvoir là-dedans et à devenir des caïds sont vraiment des fascistes pourris et dangereux. Ce sont des êtres nocifs, y compris pour leurs petits frères. D'ailleurs ils les font tuer sans état d'âme s'il le faut, pour protéger leurs trafics. Pas de pitié pour eux.

— Je vois que vous en avez contre les petits délinquants. Mais vous ne parlez pas des gros escrocs, ceux qui travaillent dans l'ombre en toute impunité, qui sont sortis des Grandes Écoles et qui ne font jamais la une des journaux.

— Je n'oublie pas que nos ennemis principaux sont les délinquants en col blanc, les financiers, les traders, les banquiers et leurs serviteurs politiques, ceux qui font le boulot à la télé pour légitimer tout ça et nous faire croire que c'est le meilleur et le seul système possible. Pour leur seul profit ils détruisent la planète, affament les gens, leur font perdre leur travail et leur maison, ruinent leur santé en leur faisant respirer un air pollué et manger des aliments pleins de poisons.

Les petits dealers sont loin derrière eux question nuisance, mais ce sont quand même nos ennemis : ils détruisent le cerveau des jeunes avec leurs produits de merde et font régner la violence physique partout. Pour le profit là aussi.

Violence partout : économique, financière et médiatique, légale donc, et violence physique et armée, illégale donc selon le système. Ce sont quand même des fascistes eux aussi.

— Ça me rend triste tout ça, Doc. Tenez, pour oublier un peu tout ce qui nous entoure, j'ai regardé se coucher le soleil hier soir depuis le sommet de la colline de Pech-David. Voici la photo. »

Le soleil hésite un peu
puis glisse son disque de feu
sous le plafond rouge
et disparaît

L'hôpital Marchant a fermé ses grilles. C'est l'hôpital psychiatrique du département, sur la route d'Espagne, face à l'Oncopôle.

Les vigiles se sont barricadés dans leur petite maison à l'entrée et organisés pour la nuit. Tous leurs écrans de contrôle sont allumés, le frigo est plein de repas en barquettes à réchauffer au micro-ondes, les bouteilles d'eau minérale, de soda et de Tariquet sont au frais.

Ils ont chacun leur 7,65 chargé et glissé à l'arrière dans la ceinture du pantalon pour pouvoir dégainer plus vite.

Dans chaque pavillon les infirmiers de nuit ont verrouillé les grandes portes d'accès, ont accompagné les patients dans leurs chambres après avoir distribué à chacun son traitement de nuit, puis se sont repliés dans le local vitré de l'infirmerie, à l'entrée du pavillon, d'où l'on peut surveiller à la fois la porte principale qui donne sur la coursive sous la colonnade, et les deux couloirs qui donnent accès aux vingt-quatre chambres. Ils se posent enfin autour de la table et attaquent leur repas. La boisson arrive peu à peu à les apaiser. Leur front cesse de transpirer des gouttes d'angoisse et ils tentent de plaisanter pour détendre l'atmosphère lourde qui s'abat toujours sur l'hôpital à la tombée de la nuit. Puis ils sortent les cartes et attaquent une partie de belote.

Au fond de l'Hôpital, dans la maison de l'Internat, près de celle de l'aumônier, Carole vient de terminer sa barquette de purée-saucisse et sort du frigo une compote de poires et une mousse au chocolat. Carole a vingt-six ans. Elle en est à son troisième stage d'internat. Elle est grande et très mince, coureuse de demi-fond et skieuse. Les cheveux courts et noirs tirés en arrière et fixés à la cire. Elle les teint parfois en jaune ou en bleu, rouge ou vert, orange ou rose, quand ça lui prend, qu'elle est bien énervée, ou a envie de changer quelque chose dans sa vie mais qu'elle ne sait pas quoi.

Elle est seule ce soir, de garde pendant 24 heures, et elle n'aime pas trop ça. Elle ne va pas pouvoir dormir, elle le sait, elle va essayer de lire quelques nouvelles de Lucia Berlin jusqu'à ce que son téléphone sonne pour lui signaler l'arrivée d'un patient. Alors elle sautera sur son vélo et foncera vers le bâtiment de l'accueil des urgences situé à trois cents mètres, à l'entrée de l'Hôpital, près de la route d'Espagne. Les infirmiers l'accueilleront en lui décrivant sommairement le profil du patient qui vient d'arriver. Elle espère qu'ils l'auront déjà installé dans sa chambre, qu'ils lui auront donné à manger et allumé une cigarette : ça suffit en général pour calmer ses premières réactions agressives à l'hospitalisation. Elle viendra alors s'asseoir dans sa chambre (pas sur le lit — il ne faut pas être trop proche du patient inconnu — et près de la porte, pour s'échapper s'il le faut) et tentera de parler un peu avec lui, pour lui faire raconter son histoire. Si elle n'en tire pas grand chose, elle lui prescrira quelques médicaments, un neuroleptique et un anxiolytique (en général elle aime bien Tercian-Valium en gouttes) pour l'apaiser et le faire dormir jusqu'à huit heures du matin. Plus un « si besoin » injectable que lui demanderont les infirmiers en cas de réveil agressif en cours de nuit.

Quand elle a fini de remplir sur son ordinateur sa fiche d'observation, qu'elle a signé sa fiche de prescription, et qu'elle les a validées toutes deux dans le dossier du patient, elle prend un peu de temps pour souffler et discuter avec les infirmiers autour d'un verre de Tariquet. Pour l'instant la nuit est calme, aucune sirène ne s'approche, les autres hôpitaux n'appellent pas, les pompiers non plus. Elle croise les doigts et sort sur la coursive pour fumer sa cigarette.

L'hôpital, la nuit, c'est très angoissant pour l'Interne quand il est seul maître à bord, mais en même temps elle aime bien ce silence des coursives désertes, des cours intérieures entourées de colonnades, des pelouses protégées par les arbres centenaires, de la chapelle qui pousse sa flèche face à l'entrée, au fond de la cour des bâtiments administratifs. Tous ces vieux bâtiments de briques foraines et de pierres blanches, datant de la deuxième moitié du XIX° siècle, ressemblent en fait à un monastère avec ses cloîtres et ses cellules, et dégagent la nuit cette sensation de paix qui convient si bien à ce qu'on appelait autrefois un asile, l'asile d'aliénés de Braqueville, celui que les Toulousains avaient tout de suite baptisé « Branqueville », et qui laissait s'envoler vers la ville ses hurlements de détresse les jours de vent d'autan.

Cette nuit pas de hurlements, même pas de vent pour pousser les feuilles mortes sous les coursives. On dirait que toute la folie des hommes s'est déplacée vers la ville, son centre et ses banlieues. Marchant se tait, fait le dos rond, fait le mort, comme pour protéger ses trois cents patients réfugiés au fond de leur lit, veillés par leurs infirmiers et leurs vigiles.

Carole sort du pavillon, s'assied sur un banc sous un marronnier, allume une cigarette et lève les yeux vers les étoiles. Elle se sent dans un autre monde, à des kilomètres de Toulouse, de Purpan, de Rangueil, de Larrey, de son T2 de l'avenue de Grande-Bretagne. Très loin des incendies, des magasins éventrés, des véhicules fonçant vers la Patte d'Oie ou vers Blagnac, des claquements d'armes automatiques, des cadavres jonchant les trottoirs au petit matin quand elle reprend son vélo et se dirige vers Casselardit pour essayer de rencontrer les autres Internes.

Elle regarde bouger les feuilles du marronnier qui s'amusent à masquer les étoiles. Elle s'allonge sur le banc et souffle lentement la fumée de sa cigarette vers le ciel en la laissant glisser entre ses lèvres entrouvertes. C'est le moment de sa garde qu'elle préfère, après le speed des urgences. Elle aimerait bien que sa copine Léa vienne maintenant la rejoindre dans son lit à l'Internat, l'enveloppe dans ses bras et la caresse avec sa longue chevelure rousse. Mais Léa est de garde elle aussi ce soir, aux urgences pédiatriques de Purpan. Carole est un peu jalouse : elle pense que Léa a de la chance de s'occuper des petits. Mais elle n'a pas à se plaindre : c'est elle qui a choisi psychiatrie contre tout ce que lui conseillaient ses amis. Parce que la folie la fascine.

Elle rêve un peu aux enfants qu'elle aimerait avoir et à ceux de Léa, qu'elles élèveront ensemble dès qu'elles auront soutenu leur thèse de Doctorat, et à la maison où elles mettront tout ce petit monde à l'abri, à la campagne, loin de tout ça.

Brusquement un bruit derrière elle, le halètement de quelqu'un qui court. Suivi d'un autre puis d'un troisième. Elle a juste le temps d'écraser sa cigarette sur le banc, elle se fige, reste allongée et fait la morte en retenant son souffle. Ils longent la coursive, s'arrêtent devant la porte du pavillon, cassent une vitre, tournent les verrous et entrent. Qu'est-ce qu'ils viennent voler ici ? des médocs ? de la bouffe ? Quelques cris assourdis, les infirmiers sans doute, égorgés vraisemblablement pense-t-elle. Quelques bruits de faibles explosions puis des flammes qui s'étendent rapidement à tout le rez-de-chaussée. Des cocktails Molotov se dit-elle. Ils sont venus incendier un pavillon de Marchant, en silence. Les patients continuent sans doute à dormir, assommés par les médicaments. Pris au piège.

La porte du pavillon s'ouvre, les trois ombres sortent en courant, disparaissent à droite au coin de la coursive et se dirigent vers le second pavillon pour faire la même chose.

Carole pivote sur son banc et vomit son repas en silence.

L'horreur est venue jusqu'ici, jusqu'au cœur de l'asile.

Pourquoi faire ça aux fous ? Qu'est-ce qu'ils ont fait pour mériter ça ?

C'est comme pendant la deuxième guerre mondiale alors ? Tous les fous qui sont morts de faim et de froid dans leurs asiles, affamés par les Allemands et par le gouvernement de Vichy ?

Pour certains ce sont des sous-hommes dégénérés, comme les Juifs, les Gitans, les handicapés ou les homosexuels, alors en temps de guerre on peut s'en débarrasser… pour épurer la race…?…

« Une question me tracasse en ce moment, Doc. Vous savez que j'ai toujours le nez dans les livres, que je fais des photos, que j'aime faire la cuisine, que je préfère la compagnie des filles, que je déteste le rugby et la boxe, que je ne me suis jamais battu. Alors les garçons me traitent de pédé.

Vous croyez que c'est possible ça : que je sois homosexuel sans le savoir ?

— Je pense que, comme tous les hommes, tu as en toi une part de féminité. Sauf qu'au lieu de l'étouffer et de la cacher honteusement, tu la laisses s'exprimer et se développer librement. Et ça c'est déjà trop pour ces balourds qui sont en fait morts de trouille devant cette partie secrète qu'ils ressentent en eux. D'où la violence de leur réaction : pédé, pour eux, c'est vraiment l'insulte suprême, celle qui déshumanise.

En plus tu es à un âge où l'on a très peur d'un flottement d'identité ou de genre. L'adolescent doit affronter un travail de sortie de l'enfance et de construction du moi, il doit se situer, chercher à comprendre ce qui se passe en lui, et il est souvent perdu, dépassé et même terrorisé par cette incertitude sur soi. D'où parfois la rigueur avec laquelle il se doit d'afficher les signes les plus rigides, les plus grossiers et les plus faciles de la virilité, pour se rassurer.

C'est pareil pour les filles, bien sûr, avec les signes de la féminité. Certaines les refusent longtemps et cachent leur corps sous des habits amples et neutres, sans connotation sexuée, et deviennent même anorexiques pour annuler leur corps de femme.

— Vous êtes tranquille vous : avec votre barbe, votre cigare et votre chapeau, vous vous êtes arrangé pour sembler ne pas avoir de flottement de genre. Tandis que moi je ne suis pas du tout rassuré par tout ce que vous me dites, Doc. Ça me fait même un peu peur. Vous avez l'air de trouver normal que j'aie en moi une part de féminité. Vous êtes sérieux ? Ce serait horrible !

Par contre j'ai regardé tomber la nuit et s'allumer les étoiles hier soir avec ma sœur depuis notre balcon. C'était magnifique. Regardez cette photo. »

Le couvercle noir se troue,
la lumière blanche le perce
de ses milliers d'aiguilles

Les quartiers riches s'étalent entre la ceinture des boulevards et la Garonne : rue Ozenne, rue du Languedoc, rue d'Alsace-Lorraine,  rue de Metz, rue Croix-Baragnon, rue des Arts, rue de la Pomme… Les magasins pour riches sont là. On les repère à leurs enseignes : Hermès, Vuitton, Armani, Versace, Chanel, Yves Saint Laurent, Ralph Lauren, Gucci, Prada, Hugo Boss, Dolce & Gabbana, Ermenegildo Zegna, Crockett & Jones, Robert Clergerie, Christian Louboutin, Stefano Bemer, Bocache & Salvucci, John Lobb, Bang & Olufsen, Rolex, Breitling, Montblanc… Les fringues, les chaussures, les meubles, la vidéo, l'informatique, les lunettes, les parfums, les montres, les stylos et les bijoux. Tout le haut de gamme est rassemblé sur une superficie réduite d'un kilomètre carré.

Autrefois peu de gens entraient dans ces boutiques. Beaucoup de gens par contre regardaient les vitrines.

Les gens désœuvrés passaient devant tous les après-midi en semaine.

Les gens qui avaient un travail passaient les samedis après-midi. Ils se disaient tous que s'ils avaient eu du fric ils auraient pu entrer et acheter. Mais ils n'en avaient pas et n'en auraient jamais. C'était juste la vitrine de la tentation pour les pauvres des banlieues.

Toutes ces vitrines, pour eux, c'étaient des miroirs aux alouettes : on fait tourner l'axe avec une ficelle, les ailes en bois de l'alouette se mettent à tourner, les petits miroirs colorés envoient leurs feux clignotants, les alouettes rappliquent, hypnotisées. Et, après leur avoir montré le luxe, on les renvoie à leur misère en y rajoutant la frustration.

Aujourd'hui dans toutes ces rues les rideaux de fer sont baissés. Les quartiers riches sont déserts. Seules les enseignes ont résisté et les noms prestigieux restent gravés sur la façade, comme sur une pierre tombale.

C'est comment la jouissance d'une fille ? Est-ce que c'est comme celle que je ressens en me masturbant ?

D'après moi ça a l'air très différent et bien plus puissant. Dans tous les films on voit une scène d'amour : c'est la fille qui crie très fort, le garçon grogne juste un peu. Quand je me masturbe le soir dans mon lit en regardant la photo de Doha, je ne fais même aucun bruit. Les filles ça doit être autre chose.

Je n'ose pas leur demander, même à ma sœur, ce serait lui manquer de respect. Surtout qu'elle est censée être encore vierge …

Pour moi je sais comment c'est. Je n'aime pas me secouer avec la main comme font mes copains. Je préfère me frotter doucement à plat ventre contre mon drap en regardant la photo de Doha. Je sens comment ça vient, lentement d'abord, avec des petits frissons qui remontent, puis plus vite et plus fort, jusqu'au moment où ma gorge se serre, où mon souffle se bloque, où mes tempes battent comme un tambour. Je ferme les yeux pour mieux sentir tout ce qui se passe du haut en bas de mon corps. A la fin ça explose dans ma tête. Mon sexe était trop dur et gonflé, il n'en pouvait plus, il s'est vidé d'un seul coup dans un spasme qui dure et se répète plusieurs fois avant de s'éteindre. Et là je vois gicler tous ces bébés de lait blanc dont je ne sais que faire. Je m'essuie vite fait et je me rhabille.

J'ai honte en refermant la photo de Doha : c'est à elle que je devrais offrir tout ça. Un jour viendra peut-être, mais quand ?

Monsieur Lopez est concierge à la Reynerie. C'est un petit homme trapu et chauve. Il porte une blouse bleue pour qu'on le reconnaisse de loin. Il nettoie les cages d'escaliers, les halls des immeubles, entretient les parterres de fleurs et arrose le gazon, fait les petites réparations électriques. Avant il travaillait dans les travaux publics, mais depuis son accident il boîte et ne peut plus conduire d'engin de chantier. Alors la MDPH lui a trouvé ce poste aménagé.

Yazid aime bien discuter avec lui quand il le croise au pied de son immeuble. Il lui pose des tas de questions et l'écoute parler du passé.

Monsieur Lopez sait tout de son immeuble et de la cité Reynerie. Il connaît tout le monde ici. Il est concierge au même endroit depuis presque trente ans. Il est arrivé quand tous les immeubles étaient flambant neufs, magnifiques autour du lac. Quand les premiers locataires étaient des gens normaux qui travaillaient, se parlaient, s'invitaient, allaient ensemble au festival *Racines* sur les pentes autour du lac. Quand on entendait parler français, italien, espagnol, portugais, arabe, sans problème.

Monsieur Lopez se demande :

*« Pourquoi ça n'existe plus ?*

*Pourquoi les Toulousains ne mettent plus les pieds à La Reynerie ?*

*C'est à cause de qui ? de quoi ?*

*Pourquoi les immeubles sont devenus dégueulasses ?*

*C'est à cause de l'Office HLM ? ou des locataires ? ou de leurs enfants ? ou de leurs petits enfants ?*

*Ou d'une mafia de pourris qui s'est incrustée là et a décidé que c'était son territoire et qu'il fallait le couper de tout le reste du monde pour faire du fric avec son bizness de mort ? »*

Je suis concierge à La Reynerie depuis bientôt trente ans et ça n'a fait que se dégrader et empirer.

Ils se servent des caves pour entreposer leurs stocks de drogues, leurs armes et leurs munitions. Ils ont mis leurs cadenas partout. Plus personne n'a le droit d'y descendre.

Ils ont installé fauteuils et canapés devant l'entrée de l'immeuble et contrôlent l'identité de tous ceux qui veulent entrer. Il y a même la glacière en été et le barbecue pour le soir.

Dès qu'une voiture inconnue vient stationner devant, ils fracturent la portière, vont se balader avec, puis reviennent la brûler. Dès que les pompiers arrivent, ils caillassent leur camion.

Au tout début La Reynerie n'était pas du tout comme ça. Les locataires déjà : il y avait de tout, des instituteurs, des employés de bureau, des employés de commerce, des ouvriers, des artisans, des jeunes, des vieux, des Gaulois, des Espagnols, des Italiens, des Portugais, des Antillais. Tout le monde s'entendait bien, il n'y avait jamais d'embrouille, tout le monde se parlait, s'invitait, faisait la fête ensemble autour du lac, échangeait ses musiques et sa cuisine pendant le festival *Racines*.

Petit à petit les Maghrébins et les Africains sont arrivés et ont fait fuir les autres. Maintenant plus personne ne travaille, ici. Il n'y a qu'Assedic, APL, allocations familiales et RSA. Et surtout la débrouille, ce que la télé appelle les expédients ou l'économie souterraine, les marchandises tombées du camion. Le matin il n'y a que les gosses qui se lèvent pour aller à l'école primaire et quelques mamans qui accompagnent ceux de la maternelle. La MJC a été saccagée et brûlée. Les commerçants ont fermé leurs boutiques les uns après les autres, dégoûtés d'être cambriolés tous les mois. Les cabinets du médecin et du dentiste ont disparu. Il ne reste que les bars à chicha et la mosquée.

C'est devenu ça leur civilisation. Des hommes attablés au bar toute la journée pendant que leurs femmes bossent à la maison ou font des ménages le soir dans les bureaux. Et des jeunes désœuvrés et incontrôlés se levant à midi et faisant leurs conneries l'après-midi et toute la nuit, sans que personne réagisse.

Je me souviens de la cité de La Reynerie, comment c'était autrefois, au début du festival « Racines ».

Il y avait des étals avec des livres et de l'artisanat de tous les continents, des stands avec de la nourriture préparée par des femmes venues des quatre vingts pays représentés dans ces immeubles. Le vent d'autan transportait toutes ces odeurs et ces parfums mêlés.

Des musiciens dans tous les coins, des danseurs et des spectateurs qui, emportés par le rythme, se mettaient eux aussi à danser sur des musiques venues d'ailleurs.

Et puis le soir, la grande scène au bord du lac s'illuminait, les gens s'asseyaient en face sur les pentes herbeuses, et le concert commençait : Lavilliers, Higelin, Thiéfaine, Charlélie Couture, Tom Novembre, Mama Béa, François Béranger... Plus tous les groupes venus du Maghreb, d'Afrique, du Moyen-Orient, des Antilles, d'Amérique latine, du Portugal, d'Espagne, d'Italie, du Canada ou de Russie…

Il y avait quelques fumeurs de shit dans les buissons, mais pas plus que dans les autres concerts…

« Doc, en début d'année scolaire je suis tombé amoureux d'une fille de ma classe, Doha, une toute petite avec des cheveux bruns, longs et frisés, et des yeux de folie, noirs et brillants. Elle est mon « lever de soleil », c'est ce que veut dire son prénom en arabe. On se regarde souvent en douce aux récrés et même en cours. J'adore ses longs cils quand elle les fait clignoter juste pour moi. On se voit jamais en dehors du collège, sa mère la surveille beaucoup.

En plus elle est marocaine et moi algérien kabyle, alors ses parents ne voudront jamais de moi. Pour eux je ne suis pas un vrai arabe. J'ai la peau trop blanche et les cheveux rouquins. Et je suis trop pauvre : un bouseux de berbère des montagnes.

Je ne suis ni brun (arabe) ni blond (gaulois).

Les rouquins ça porte malheur, ils sont maudits. Dans l'Antiquité déjà ils étaient persécutés.

Il n'y a que les barbares venus du Nord, les Vikings, les Irlandais, quelques Allemands et quelques Juifs ashkénazes pour être roux.


— On les mettait à mort autrefois dans certaines contrées, comme les albinos dans d'autres. Toute différence physique manifeste et minoritaire encourt ce risque de devenir la marque du bouc émissaire, celui que l'on sacrifie pour sauver la communauté des épidémies ou des famines. Parfois la différence est plus subtile comme pour les Juifs, les Tziganes, les Hutus, les Tutsis ou les homosexuels.

— J'aimerais tant aller à la piscine cet été avec Doha, pour que nous puissions enfin voir nos corps et nager ensemble. L'an dernier j'avais pris quelques photos de détails (pieds, jambes, bras, épaules, nuque, dos) où on ne pouvait pas reconnaître la personne. Mais il faut que je fasse gaffe. »

La piscine l'été,
les corps des filles
enfin dévoilés,
l'extase

J'aime beaucoup Yazid : il est beau et très gentil. On est dans la même classe depuis deux ans, depuis qu'il est arrivé à Bellevue. Il ne roule pas les mécaniques, il ne manque jamais de respect aux filles.

Mais mes parents ne voudront jamais qu'on sorte ensemble. Il est Algérien et vient de La Reynerie. En plus il est rouquin : c'est même pas la peine d'en parler.

Tous les soirs je parle à Yazid à voix basse. Je sais qu'il n'est pas loin. Il vit dans le T2 de sa sœur, rue Bonnat, près de la Fac des Sciences. Moi aussi, j'ai la chance d'habiter à Rangueil.

Mon père a un tout petit magasin de tapis à côté du Grand-Rond, qui marchait bien quand les gens avaient des sous et le temps de s'acheter des tapis. Et l'envie de s'occuper de ça.

Maintenant ils ne pensent qu'à se procurer à manger et à se protéger des ennemis.

Les ennemis ce sont mes anciens copains, ceux qui sont restés dans les cités (Reynerie, Bellefontaine, La Faourette, Papus, Bagatelle, Empalot ou Les Izards).

Dès que j'éteins la lumière je parle à Yazid comme s'il était allongé près de moi. Je lui tiens la main, je pose ma tête sur sa poitrine, et je lui raconte ma journée.

Après on fait des projets pour quand on sera majeurs et qu'on aura fini nos études. Moi je serai avocate, et lui sera journaliste-photographe, il fera des reportages et écrira dans les journaux.

On aura deux enfants, une fille et un garçon. On habitera dans une maison loin de la ville, pour pouvoir héberger des animaux, des chiens et des chats.

On aura des voisins et des amis qui viendront nous voir et manger avec nous. Je les ferai asseoir devant la maison autour d'une longue table à l'ombre d'un grand arbre.

Et le soir, quand on sera couchés, je lui lirai des passages du *Cantique des Cantiques*. Il m'a dit que c'était le plus beau des poèmes de Salomon. Alors je l'ai photocopié en douce dans une *Bible* à la Bibliothèque Municipale et je le cache dans la couverture de mon cahier de textes.

Les passages que je préfère c'est ceux où la fille décrit son fiancé.

« *Je vous adjure, filles de Jérusalem,*
*si vous rencontrez mon ami,*
*que direz-vous à mon ami ?*
*Que je suis malade d'amour.*

*Qu'a donc ton bien-aimé*
*de plus qu'un autre amant,*
*ô la plus belle des femmes ?*
*Qu'a donc ton bien-aimé*
*de plus qu'un autre amant,*
*pour que tu nous adjures ainsi ?*

*Mon aimé est frais et vermeil,*
*remarquable entre dix mille.*
*Sa tête est d'or pur,*
*ses boucles flexibles*
*sont d'un noir de corbeau.*
*Ses yeux sont des colombes*
*au bord des ruisseaux,*
*se baignant dans le lait,*
*posées sur les rives.*
*Ses joues sont un parterre embaumé*
*où poussent des plantes odorantes.*
*Ses lèvres sont des lys*
*distillant la myrrhe liquide.*
*Ses mains, des anneaux d'or*
*incrustés de pierreries.*
*Son corps est un bloc d'ivoire*
*recouvert de saphirs.*

Ses jambes, des colonnes d'albâtre
fixées sur des socles d'or pur.
Son aspect est comme celui du Liban,
superbe comme les cèdres.
Sa bouche n'est que douceur,
tout en lui n'est que charmes.
Tel est mon aimé
tel est mon ami,
filles de Jérusalem.

Mon bien-aimé est descendu
dans son jardin,
dans son parterre embaumé ;
pour paître en mon jardin,
et pour cueillir des lys.
Je suis à mon aimé,
mon aimé est à moi.
Il paît parmi les lys.

Je suis à mon aimé
l'objet de ses désirs.
Viens donc ô bien-aimé,
sortons dans la campagne,
passons la nuit dans les vergers ;
le matin nous irons aux vignes,
pour voir si les ceps bourgeonnent,
si les fleurs s'ouvrent,
si le grenadier s'épanouit.
Là, je te donnerai mes caresses.

*Les mandragores embaument ;*
*à notre porte il y a des fruits exquis,*
*des nouveaux, des anciens*
*que j'ai gardés pour toi, bien-aimé.*

*Ô que n'es-tu mon frère,*
*allaité au sein de ma mère !*
*Te rencontrant, je t'embrasserais*
*sans encourir de reproche.*
*Je t'amènerais, je te ferais entrer*
*dans la maison de ma mère ;*
*je te ferais boire du vin parfumé,*
*du moût de mes grenades.*

*Sa main gauche est sous ma tête,*
*et sa main droite m'enlace. »*

Quand j'étais toute petite, je me souviens que ma grand-mère me disait tout ce que je devrais faire quand je serais grande. Et tout ce que je devrais apprendre pour le faire bien : laver le bébé, le langer, le nourrir, faire les courses, préparer le repas pour mon mari. Comment m'habiller pour sortir, pour que les hommes ne m'embêtent pas.

Pour les filles, elle me disait que c'était plus compliqué que pour les garçons : il y a des tas de choses qu'elles ne doivent pas faire, sinon c'est la honte, pour elles et pour toute la famille. Sortir sans le voile sur les cheveux, mettre des jeans moulants, des minijupes, des shorts, fumer, s'installer aux terrasses de bistrots, aller danser dans les boîtes de nuit, boire de l'alcool, écouter de la musique, embrasser les garçons et bien sûr coucher avec eux. Si tu n'es pas vierge le jour de ton mariage c'est même pas la peine : tu es une fille perdue.

Les garçons, eux, ils font tout ce qu'ils veulent avant le mariage, c'est normal, c'est

pas grave, ils sont les patrons, comme mon
père et mon grand-père, et mon frère aîné.

Je rêve des fois à des choses interdites que je n'ose dire à personne, même pas à ma meilleure amie. Des choses que les filles se disent parfois entre elles. Mais moi je n'ose pas. C'est trop : j'ai peur que personne ne me comprenne et que tout le monde soit choqué.

Je rêve que je peux vivre sans entrave, jouir de mon corps comme il me plaît, l'offrir entièrement aux caresses de Yazid et caresser le sien à mon goût, librement. On ferait tout ce qui nous ferait plaisir, et ça ne serait pas pécher puisque ça ne ferait de mal à personne. Rien que du bien à nous deux.

Dans mes rêves, la nuit, nos corps sont purs et innocents : ils se donnent tout le plaisir qu'on nous a toujours interdit.

On se baigne nus dans la mer, dans les lacs et les rivières et nos corps s'unissent comme ceux de Tarzan et Jane. Rien ne serait sale, tout serait beau.

Nous sommes dans une petite crique de sable blanc bordée de rochers ocre surmontés de pins parasols. Nous sommes seuls au monde. Nous courons main dans la main vers les vagues et nous nous laissons rouler par elles. Nous nous vrillons dans l'eau comme des dauphins. Je me colle à Yazid, le saisis par le cou, prends sa bouche avec la mienne et l'agrippe avec mes jambes enroulées autour de sa taille. Il me tient par les fesses et me porte vers le large jusqu'à ce que seules nos têtes émergent. Et là nous restons immobiles, nos deux corps imbriqués, ne formant plus qu'un. Nous nous embrassons longuement en bougeant juste un petit peu nos bassins, et attendons comme ça que le soleil se couche.

J'ai rêvé encore une fois d'une plage de sable blanc où nous étions allongés avec Yazid. Il sortait un livre de son sac à dos et me disait :

« Je t'ai amené <u>Les Nourritures terrestres</u> d'André Gide, tu vas voir, c'est un livre qui a été écrit pour nous deux, en 1897. »

Et il commençait à me le lire pendant que je fermais les yeux et que le soleil rouge enflammait mes paupières.

*« Nathanaël, je voudrais te faire naître à la vie. Nathanaël, est-ce que tu comprends assez le pathétique de mes paroles ? Je voudrais m'approcher de toi plus encore.*

*Et comme, pour le ressusciter, Elisée, sur le fils de la Sulamite — « la bouche sur sa bouche, et les yeux sur ses yeux, et les mains sur ses mains, s'étendit » — mon grand cœur rayonnant contre ton âme encore ténébreuse, m'étendre sur toi tout entier, ma bouche sur ta bouche, et mon front sur ton front, tes mains froides dans mes mains brûlantes, et mon cœur palpitant... »*

J'ai rêvé que nous étions enfin dans notre maison à la campagne avec Doha, nos deux enfants, une fille et un garçon, le chien et le chat. Tout était parfait. Nous avions oublié la folie de Toulouse.

A la nuit tombée, quand la maison est prise dans le silence des enfants et des animaux, tous partis vers le pays des songes, je la rejoins dans notre lit, elle blottit sa tête au creux de mon épaule et je commence à lui lire des extraits du <u>Cantique des Cantiques</u>, le plus beau des poèmes de Salomon.

> *« Tu es belle, mon amie,*
> *tu es belle.*
> *Derrière ton voile,*
> *tes yeux sont des colombes,*
> *tes cheveux sont comme*
> *un troupeau de chèvres*
> *dévalant la montagne de Galaad,*
> *tes dents comme un troupeau de brebis*
> *qui remontent du lavoir ;*
> *chacune a deux jumeaux,*
> *aucune n'est stérile.*
> *Tes lèvres sont comme un fil de pourpre,*
> *et ta bouche est charmante.*

*Ta joue est un quartier de grenade*
*dessous ton voile ;*
*ton cou est pareil à la tour de David,*
*bâtie pour garder les armes ;*
*mille boucliers y pendent,*
*tous les écus des preux.*
*Tes deux seins sont comme deux faons*
*jumeaux d'une gazelle*
*pâturant parmi les lys.*

*... Tu me fais délirer par un seul regard,*
*par une seule chaînette de ton cou.*
*Que tes caresses ont de charme,*
*ma sœur, ma fiancée !*
*Combien tes amours*
*sont plus délicieuses que le vin,*
*et l'odeur de tes parfums,*
*que tous les aromates !*
*Tes lèvres, ô fiancée,*
*distillent le miel ;*
*sous ta langue il y a du miel et du lait.*
*Et l'odeur de tes vêtements*
*est comme celle du Liban.*
*C'est un jardin secret*
*que ma sœur, ma fiancée,*
*une source close,*
*une fontaine scellée.*
*Il y croît un parc de grenadiers*
*avec des fruits exquis ;*

*le troène et le nard,*
*le nard avec le safran,*
*le roseau odorant et la cannelle*
*avec tous les arbres à encens,*
*la myrrhe et l'aloès,*
*avec les baumes les plus exquis.*
*C'est la fontaine de mon jardin,*
*une source d'eau vive,*
*un ruisseau qui coule du Liban.*

*... Que tes pieds sont gracieux*
*dans tes sandales,*
*fille de prince !*
*La rondeur de tes hanches*
*ressemble à un collier,*
*œuvre de mains artistes ;*
*ton giron est une coupe ronde*
*pleine de vin parfumé,*
*ton corps est comme du froment*
*entouré de lys ;*
*tes deux seins sont comme deux faons,*
*jumeaux d'une gazelle ;*
*ton cou est une tour d'ivoire,*
*tes yeux sont les fontaines d'Heshbôn*
*près de la porte de Bat-Rabbim. »*

Yazid passe souvent chez les bouquinistes de la rue du Taur.

La rue du Taur va de la place du Capitole à la place Saint-Sernin. Autrefois il y avait là cinq ou six bouquinistes. Leurs vitrines étaient pleines de reliures de cuir rouges ou brunes avec des dorures. En s'ouvrant, la porte faisait sonner un carillon de tubes métalliques. Le magasin était sombre, sentait la poussière et le renfermé. Le bouquiniste était assis au fond derrière un bureau envahi de papiers et de livres. Il te regardait entrer par dessus ses lunettes posées sur le bout de son nez.

Aujourd'hui il n'en reste que deux.

Celui que Yazid préfère c'est Monsieur Bensoussan. Il vient d'Algérie lui aussi, mais de l'Ouest. Il est né là-bas et n'est arrivé à Toulouse qu'en 1962. Le mur derrière son bureau est plein de vieilles photos en noir et blanc de la ville d'Oran, du port, de la plage et de la forteresse.

Monsieur Bensoussan est un pied-noir, juif. Yazid n'est pas vraiment un client (il n'a pas de sous) mais Monsieur Bensoussan l'a adopté : il le laisse feuilleter autant qu'il veut, et il lui parle de ses dernières acquisitions en lui servant le thé à la menthe.

Yazid passe le voir tous les mercredis après-midi et pendant les vacances scolaires.

Ma boutique de la rue du Taur est sombre comme une caverne. Je suis comme le philosophe de Rembrandt, le veilleur de l'ombre, le gardien du temple du passé : je préserve tout ce qui est écrit dans les livres anciens et qui va se perdre et se dissoudre si personne ne le lit.

Je suis né dans un pays que j'ai perdu au début de mon adolescence. Ma vie s'est organisée autour de cette perte. Ma vie entière depuis n'a été qu'une rumination de cette perte.

Alors j'essaie de retenir, de conserver, de préserver toutes les traces de ce passé : photos, cartes postales, plans, affiches, livres, lettres, disques vinyles.

Au départ ma boutique était un musée de l'Algérie du début du XX° siècle, à l'époque des pieds-noirs.

Peu à peu j'ai quand même élargi mes centres d'intérêt et la littérature mondiale est entrée progressivement dans mon magasin. Maintenant ça déborde de partout : je n'en vends pas assez. J'en profite pour les lire.

Du fond de ma boutique de la rue du Taur, au milieu de mes vieux bouquins poussiéreux, dans l'ombre silencieuse des longs après-midi que rythme le tic-tac de ma pendule, je regarde souvent le ciel gris de Toulouse à travers la vitrine, et je me souviens.

Je me souviens du ciel bleu de l'Algérie de mon enfance à Oran. Mon père, Simon Bensoussan, tenait une petite pâtisserie pleine d'odeurs de miel, de cannelle, de muscade, d'amandes et de halva. L'échoppe était cachée dans une rue étroite à l'abri du soleil dans le centre de la vieille ville, rue Dar Belda, près du marché et de la gare. Oran c'était le soleil et le bruit, les populations bigarrées, le quartier juif, le quartier noir, le quartier espagnol, les grands boulevards, le port, la ville blanche surmontée par la montagne ocre. J'étais toujours dehors avec mes copains, on courait dans les rues, de l'école vers la plage, et on ne rentrait à la maison que le plus tard possible, à l'heure où nos mères commençaient à crier nos prénoms par les fenêtres. La plage, le soleil et les filles, c'était toute mon enfance, les corps bronzés, presque noirs, qui gommaient les différences entre juifs, arabes et chrétiens. C'était notre pays à tous. Nous vivions de la même manière. Les cérémonies religieuses du vendredi, du samedi ou du dimanche nous dispersaient un peu, mais dès qu'elles étaient finies nous nous empressions de nous retrouver pour toute la semaine suivante.

Je me souviens du début des « événements », des premières inscriptions sur le volet de la boutique de mon père : « colons dehors ». Je me souviens des clients menacés qui n'osaient plus entrer et qui s'excusaient à mi-voix en passant sur le trottoir. Je me souviens des lettres anonymes : « la valise ou le cercueil ». Je me souviens des conversations à voix basse la nuit entre mon père et ma mère, qui parlaient d'Espagne et de France. Et de cette menace murmurée par mon père, incompréhensible pour moi : « Nous les Juifs, nous étions ici bien avant tout le monde, et nous serons les premiers à être expulsés ».

Je me souviens de ce jour de juin 1962 où mon père a laissé ses derniers gâteaux dans des cartons sur le trottoir. Il n'a même pas fermé la boutique à clef et nous sommes descendus tous les trois à pied vers le port, chacun portant deux valises et un sac à dos. Je me souviens de cette foule immense qui avait envahi tous les quais. Des pauvres gens comme nous assis sur leurs valises. Nous avons attendu là deux jours et demi — « comme des clochards » disait ma mère entre deux sanglots — avant de réussir à monter sur un bateau partant vers l'Espagne. Je me souviens de la bousculade, du bateau bondé avec tous ces gens qui pleuraient en regardant s'éloigner la ville blanche surveillée par le fort et la montagne de Santa Cruz qui s'enflammaient dans le soleil couchant.

Je me souviens de l'arrivée à Almeria à sept heures du matin après une nuit blanche passée sur le pont supérieur, couchés au milieu de nos bagages, à l'air libre pour ne pas sentir les odeurs des cabines des ponts inférieurs. Une ville blanche encore, presque la même, de l'autre côté du bras de Méditerranée, la sœur jumelle qui nous accueillait en Espagne, surmontée par son Alcazaba rougie par les premières lueurs de l'aurore. Les oncles et les cousins installés à Alicante nous attendaient sur le quai et nous ont hébergés quelques jours, le temps de préparer notre point de chute à Toulouse que mon père partit tout de suite explorer en voiture avec son frère. Plusieurs de ses amis juifs lui avaient parlé de cette ville.

J'ai eu tout l'été pour m'installer dans un petit appartement de la rue de la Colombette : on nous avait dit que des logements étaient prévus à Croix-Daurade et aux Trois-Cocus pour les pieds-noirs. Mais pour l'instant ils étaient en construction… Alors on s'est entassés là-dedans comme on a pu. Mon père m'a dit : « Tu as de la chance, tu vas pouvoir aller au Collège Michelet, sur la place Saint-Aubin : c'est l'un des meilleurs de Toulouse ! »

Sauf que dans ma classe, j'étais le seul pied-noir. Ils m'ont tous regardé comme une bête curieuse, même les petits juifs dont les familles étaient installées à Toulouse depuis des lustres, et que je retrouvais le samedi à la synagogue de la rue Palaprat, à deux pas de chez nous.

Le problème c'est que j'avais un accent, qui n'était ni l'accent toulousain, ni l'accent parisien. En dehors de ces deux-là à Toulouse tu étais un extra-terrestre. Mon premier prof de français m'a fait lire et commenter un poème de Leconte de Lisle, et quand j'ai commencé mon commentaire : « Dans ce pouèmm le pouètt veut nous montrer… » toute la classe s'est esclaffée et le prof, retenant vaillamment son rire, m'a repris : « On ne dit pas le pouètt, on doit prononcer le pô-è-teu, d'accord ? » J'ai entendu : « On est en France ici, on n'est plus en Algérie. » J'ai compris, définitivement. Je n'étais plus dans mon pays.

Heureusement j'ai découvert à la radio les chansons d'Enrico Macias. Elles parlaient de ce qui m'était arrivé. Le soir dans mon lit je collais mon transistor à l'oreille et je pleurais avant de m'endormir :

« J'ai quitté mon pays,
j'ai quitté ma maison,
ma vie ma triste vie
se traîne sans raison.

J'ai quitté mon soleil
j'ai quitté ma mer bleue
leurs souvenirs se réveillent
bien après mon adieu.

Soleil, soleil de mon pays perdu
des villes blanches que j'aimais
des filles que j'ai jadis connues... »

Et le week-end on mangeait les pastillas de ma mère et les makroutes de mon père, en évitant de parler d'Oran.

Voilà, ça c'était le début, le traumatisme comme ils disent maintenant, et là il n'y avait pas de cellule de soutien psychologique. On avait fui, menacés de mort, n'emportant que nos valises, on avait laissé tout ce que le travail de nos pères avait créé, et l'accueil ici n'était pas enthousiaste : on nous soupçonnait d'être privilégiés pour piquer des apparts ou des terres aux autochtones !

J'ai mis toutes mes années de Collège Michelet et de Lycée Fermat à m'en remettre. Ce n'est qu'à la Fac que j'ai pu reprendre le dessus. J'ai choisi Histoire bien sûr : je voulais comprendre ce qui nous était arrivé, Guy Mollet, Mitterrand, Salan, De Gaulle, l'OAS, le FLN, tout ça. Mais à la Fac les profs n'en parlaient pas : ça ne faisait pas partie du programme. Sauf que c'était mon histoire ! Je faisais partie d'une histoire qui n'était pas dans l'Histoire, une histoire sans intérêt donc, qui n'avait pas lieu d'être. Je n'avais qu'à taire tout ça et à me fondre dans les problématiques universitaires, marxistes contre anti-marxistes, tiers-mondistes contre libéraux... Les pieds-noirs dans tout ça n'avaient pas de case. Ils s'étaient juste réveillés un peu en 1965 quand il fallait élire le président de la République. Là on avait eu droit à un grand meeting à la salle de la piscine Nakache, avec « notre » candidat, Tixier-Vignancour, et son directeur de campagne Jean-Marie Le Pen, avec son bandeau noir de pirate breton, aboyant contre la trahison de De Gaulle. J'étais consterné et révolté : il n'y avait donc que ces guignols d'extrême-droite pour défendre les pieds-noirs ? Quelle honte !

Après, ce qu'avait prédit De Gaulle est arrivé. L'Algérie est tombée sous la coupe du parti unique appuyé par l'armée, et, sous couvert de socialisme, une oligarchie de bureaucrates et d'officiers s'est constituée qui a pompé tous les revenus les plus faciles à obtenir : le gaz naturel et le pétrole. Le reste de l'économie, l'industrie et l'agriculture, est parti à vau-l'eau, abandonné. L'incompétence, la désorganisation et la corruption se sont installées. Un système népotiste et mafieux a vite quadrillé le pays.

Alors l'émigration vers la France a commencé. Des hommes jeunes d'abord, qui sont venus travailler sur tous les emplois délaissés par les Français : barrages, routes, bâtiment, mines, travaux agricoles... Puis leurs familles les ont rejoints. Peu à peu la deuxième génération a compris qu'elle ne serait cantonnée que dans ces travaux de dernier choix. Les femmes ont accepté de faire les ménages la nuit dans les bureaux. Les hommes qui n'avaient pas fait d'études et ne voulaient pas suivre la voie de leurs pères, qu'ils jugeaient humiliante, se sont tournés vers la débrouille, le chômage, les indemnités, puis le commerce illégal. Leurs enfants (la troisième génération) ont acté tout ça et se sont lancés directement dans le trafic de cannabis dont ils ont inondé la France, puis les casses, puis les braquages. Peu à peu ils ont organisé le ghetto où ils vivaient en système féodal avec suzerains, vassaux et serfs. Et ils ont construit leurs châteaux-forts protégés du monde extérieur et des intrus : flics, pompiers, médecins, intervenants sociaux, équipes municipales de rénovation… C'est désormais leur territoire, défendu par la force. Ce qui ne les empêche pas de faire intrusion dans le nôtre, le centre-ville, tous les soirs et tous les samedis. Pour nous prouver qu'ils peuvent tout se permettre. Ils ont raison : on a été trop bons et trop cons. Ils sont jeunes et ils ont pris le dessus. Incultes, arrogants, provocants et barbares. Grandes gueules ne sachant qu'aboyer et incapables d'argumenter.

Les vieux chalabis qui jouent aux cartes ou aux dominos sur les places de la cité les voient faire, mais font semblant de ne rien voir. Surtout aucune remarque : « Ici, si tu dis

rien, on te fiche la paix ». En même temps ils
ont honte de baisser les yeux devant leurs
petits-enfants. Quand je les croise devant les
bistrots du boulevard de Strasbourg ou
d'Arnaud Bernard ils détournent le regard
comme s'ils  se sentaient responsables de ce
que sont devenues les nouvelles générations.
Ils savent que je suis né là-bas comme eux,
que leurs ancêtres m'ont expulsé , et que je
sais tout ce qui s'est passé depuis.

Depuis le début du mois, Monsieur Bensoussan ne sort plus de sa boutique rue du Taur. Il ne rentre plus dormir chez lui sur la rive gauche, rue des Teinturiers. C'est trop dangereux le soir de franchir la Garonne. Il a installé un divan dans un coin, derrière son bureau. Il fait chauffer des boîtes de conserve sur un camping-gaz : il alterne couscous, paella, raviolis, choucroute et cassoulet.

Puis il lit un peu à la lueur d'une lampe à pétrole après avoir baissé le rideau de fer. En ce moment il relit Proust : *Le Temps retrouvé*.

C'est le couvre-feu. Pas d'électricité la nuit. En même temps il n'a pas peur qu'on vienne le cambrioler : qui voudrait voler des vieux livres de nos jours ?

Une Audi RS 7 Sportback Performance fonce sur l'A 61 en direction de Toulouse. Elle s'est calée sur la voie de gauche à 265 km/h et actionne ses phares pour libérer le passage. Une Porsche Cayenne la suit à trente mètres. C'est elle qui transporte la marchandise. Une Subaru Impreza WRX STI les colle à dix mètres et ferme le cortège.

Ils remontent d'Espagne, de Valence, où ils ont réceptionné le chargement au port, dans un voilier venu du Maroc. Ils écoutent en boucle du rap toulousain (Narkotype et District 31) et marseillais (Soprano et Lacrim), à fond, ça leur donne la pêche.

Ils arrivent au niveau de Castelnaudary. Le conducteur annonce : « Je vais sortir à Villefranche, le péage est moins gardé qu'à Toulouse. Mais tenez-vous prêts quand même ». Son voisin transmet l'info aux suiveurs sur son portable. Les trois passagers mettent un chargeur dans leur fusil d'assaut AK 47 et baissent les vitres. Fusil sur les genoux, index sur la gâchette, canon prêt à passer par la fenêtre ouverte.

Villefranche c'est presque la campagne. Aucun risque de trouver ici un barrage de gendarmes ou de miliciens. Ils sont tous concentrés sur le péage de Toulouse-Sud.

Kader clignote pour ses suiveurs et s'engage sur la bretelle de sortie. Les cabines du péage sont éclairées. Normal. Par contre on voit bouger des silhouettes sombres de part et d'autre. Pas normal. « Merde ! merde ! un barrage ! » hurle Icham dans son portable. Kader éteint ses phares, bloque le volant et l'accélérateur et crie « Couchés ! ». Ils attendent tous le choc contre la petite barrière, mais quelque chose de plus violent les frappe à l'avant et soulève la voiture : une colonne de feu est venue droit sur eux, une roquette tirée de face depuis la cabine. L'Audi explose avant qu'ils aient eu le temps de riposter. Les deux autres voitures la percutent et dans un grand fracas tout l'amas de tôles s'embrase.

C'est la fin du go-fast. Le voyage s'arrête ici pour les douze convoyeurs. Dans un grand feu d'artifice.

Les règles du jeu ont changé on dirait.

Mon petit frère Yazid il est différent des autres garçons de son âge. Il ne pouvait pas continuer à vivre à La Reynerie : ça aurait mal fini pour lui. C'est pour ça que je lui ai dit de venir vivre avec moi dans mon T2 à Rangueil, et que je l'ai inscrit au Collège Bellevue.

C'est pas un garçon comme les autres. Déjà il ne ressemble ni à un Arabe ni à un Gaulois. Physiquement il se fait repérer tout de suite et se fait emmerder par tout le monde.

En plus il a des goûts bizarres et des activités inhabituelles : il aime faire la cuisine, prendre des photos, et surtout lire, il arrête pas de lire des romans. Je le soupçonne même d'écrire des trucs dans un petit carnet dont il ne se sépare jamais.

Il est très gentil. Trop d'après moi. Il m'inquiète : est-ce qu'il va arriver à trouver sa voie et sa place dans cette société ? On dirait qu'il n'est pas de ce monde.

Mes profs de maths, de français, de philo et d'histoire m'ont répété pendant la Première et la Terminale que je devais faire des études supérieures.

Je me suis sauvée de la cité après le Bac S. J'ai trouvé d'abord une chambre à la Cité-U de Rangueil et j'ai commencé mes études de maths. Tout le monde me disait que les sciences dures c'était pas pour les filles. Mais ils m'avaient déjà dit ça pour le rugby et la boxe, alors je ne les ai pas écoutés.

Quand je revenais chez ma mère le week-end les petites racailles m'accueillaient au pied de l'immeuble en matant mes jeans, ou ma jupe, mes lunettes, mes cheveux longs ou mon cartable. Tout ça c'était trop pour eux, c'était un affront à leurs codes :

« Alors Isya, tu fais ta princesse, tu fais des études chez les Gaulois maintenant ? Tu veux te marier avec un Gaulois, sale pute ?

— Ça y est, tu renies tout, tu trahis tout. Tu vas même plus voir ton père en taule !

— Tu fais plus le ramadan ! Tu montres tes cheveux et ton cul !

— Tu te prends pour une Gauloise, mais tu seras toujours qu'une pute arabe qui suce les blancs ! Tu es la honte de ta famille ! »

Je baissais les yeux, fermais ma gueule et je ne sortais pas de chez ma mère de tout le week-end. Et je ruminais ma haine contre eux.

De quel droit se permettaient-ils, ces petits branleurs, ces débiles mentaux, incapables et incultes, ignorant le français et l'arabe, de juger les autres et d'imposer leurs règles médiévales ?

Après j'ai trouvé un job de vendeuse dans une boulangerie de la route de Narbonne trois demi-journées par semaine, et j'ai pu louer un T2 rue Bonnat pour faire venir mon petit frère. J'ai expliqué à ma mère que c'était le seul moyen pour pouvoir l'inscrire au collège Bellevue.

Yazid connaît bien l'épicerie de Monsieur Djoudi à Arnaud-Bernard, rue des Trois-Piliers. Monsieur Djoudi a soixante-dix ans, à peu près, il ne sait plus exactement. Il est divorcé depuis longtemps, la famille de sa femme ne veut plus qu'il voie celle-ci ni leur fille. Dans le quartier il est un peu à part : il ne porte ni la chéchia ni la djellaba, il s'habille comme tous les Gaulois, chemise-jeans. Au début Yazid s'arrêtait devant sa boutique pour photographier les légumes et les fruits sur l'étal dans la rue. Puis il a demandé à Monsieur Djoudi de photographier ses mains quand il parle, sa bouche quand il sourit, sa balance quand il pèse les fruits.

Quand Yazid lui rend visite l'après-midi il l'invite à s'asseoir, lui sert le thé à la menthe et lui raconte des histoires du bled au temps des Français. Le début de la guerre d'Algérie, son enrôlement dans l'armée française, la fin des harkis, son émigration précipitée en France pour se mettre à l'abri des représailles du FLN, l'accueil dans des baraquements pourris et tout ce qu'il a dû faire pour survivre au milieu de tous ses ennemis, français et algériens. Et maintenant qu'il a réussi à ouvrir sa petite épicerie dans un quartier tranquille et pas cher près du centre-ville, tous ces ados arabes qui débarquent des cités comme s'ils étaient chez eux et viennent lui pourrir la vie avec leurs barrettes de shit et leurs cigarettes de contrebande qu'ils vendent dans le quartier. Arnaud-Bernard est devenu le supermarché pour les Gaulois qui ont peur d'aller s'approvisionner dans les cités. Le soir surtout, dès que commence le ballet des voitures, c'est l'enfer.

Jamais il n'a eu de chance dans la vie : ni avec les Gaulois ni avec les Arabes. Ni en Algérie, ni en France.

J'ai une petite épicerie dans le quartier Arnaud-Bernard. Les dealers du coin essaient de se servir de mon entrepôt pour cacher leur shit et leurs cigarettes. J'y ai mis un gros cadenas : ils me l'ont cassé. J'y ai fait dormir mon chien : ils me l'ont égorgé et ont écrit avec son sang sur mon portail « Balance », parce qu'à un moment j'ai craqué et signalé aux flics qu'ils me persécutaient et me menaçaient.

« Balance » sur mon portail, comme « Juif » autrefois !

Je suis persécuté par les miens. Par des gosses dont je pourrais être le grand-père ! Quelle honte !

Je me souviens comment c'était le quartier Arnaud-Bernard avant l'arrivée des racailles avec leur trafic de cigarettes de contrebande et de shit.

Autrefois, au début des années soixante, le quartier était pauvre mais calme. Il y avait un marché couvert sur la place avec viande et poisson. Plus le marché aux fruits et légumes qui s'étalait le matin sur les boulevards d'Arcole et de Strasbourg ; on l'appelait le marché du Cristal, à cause du dernier magasin qui faisait l'angle autrefois devant la place Jeanne d'Arc. Le dimanche c'était en plus le marché aux puces autour de la basilique Saint-Sernin. Il y avait plein de bouquinistes et même un libraire catalan qui vendait tous les livres politiques interdits par Franco. Toulouse c'était la capitale des Espagnols en exil, ils se réunissaient rue du Taur au Ciné Espoir, et à la Bourse du Travail. On discutait ensemble de la situation dans nos deux pays. Ils nous appelaient « los moros » en rigolant, parce que leurs ancêtres nous avaient virés d'Espagne en 1492 et qu'ils nous retrouvaient ici. Ils étaient anarchistes, communistes ou socialistes. Nous on savait pas trop ce que ça voulait dire tout ça, on était venus ici pour ne plus crever de faim au bled. Eux étaient réfugiés politiques, menacés de mort là-bas, comme moi ; mes copains étaient plutôt exilés économiques. Les Espagnols lisaient et surtout parlaient beaucoup. Certains, les pieds-noirs, savaient même parler l'arabe. Ils ne pensaient qu'à revenir en Espagne et à renverser Franco. Quand il a fini par mourir en 1975, certains sont rentrés au pays pour le reconstruire et y installer leur maison. Les plus vieux sont restés avec nous à Toulouse : leur vie, leurs enfants, devenus Français, leurs petits-enfants, étaient ici. Trop tard. Le vieux salopard, après avoir emprisonné, torturé et tué des millions d'Espagnols, est mort dans son lit à 83 ans !

Puis peu à peu le quartier est devenu un lieu de trafic de cigarettes et de shit. Les différents parrains arabes qui se sont succédés pour contrôler le bizness et embaucher les gosses se sont tous fait buter, année après année : la concurrence est devenue plus forte et les nouveaux arrivants sont sans pitié, ils flinguent d'abord avant même de menacer ou de faire pression. Après les beurs et les blacks sont venus les Russes, les Albanais, les Roumains et les Bulgares. De pire en pire.

Il est vingt-deux heures. Emile Plancade dit « Mimile » est en train de fermer son bar-tabac de la route d'Albi dans le quartier de Croix-Daurade, « *L'Olympic* ». Il ne laisse aucune table ni chaise ou parasol sur la terrasse pour la nuit : on ne sait jamais, on lui en a déjà piqué à plusieurs reprises, avec tous ces gens des cités qui descendent le soir vers le Faubourg-Bonnefoy et qui envahissent le centre-ville. Il tire le volet métallique, le verrouille, puis va vérifier toutes les fenêtres du rez-de-chaussée : on lui a déjà scié des barreaux il y a plusieurs années pour pénétrer dans la réserve et se servir avant les fêtes de fin d'année. Il dit bonsoir à sa femme et à sa fille qui se barricadent dans leurs chambres avec leurs fusils à pompe. Il peut partir tranquille : elles savent s'en servir. Le premier qui essaie de forcer la porte de la chambre est un homme mort. Il va chercher à la cave ses deux Colts 45 et son fusil d'assaut HK 416, ainsi que deux boîtes de munitions. Il range tout dans le coffre de sa vieille Mercedes et se dirige vers la mairie de Croix-Daurade : il a rendez-vous avec ses copains de la milice citoyenne.

Il les connaît tous depuis l'époque du procès et de l'association de soutien. Alors qu'il avait été cambriolé trois fois en six mois, il avait décidé de monter la garde dans la réserve de son bar. Il ne dormait que d'un œil sur un lit de camp, et une nuit de décembre c'était arrivé : un bruit sec l'avait réveillé, venant de la porte donnant sur la rue de derrière. La serrure venait de sauter sous la pression d'un pied-de-biche. Un pas furtif, une ombre qui s'avance vers lui. Sans hésiter il avait vidé sur elle le chargeur de son Colt, huit balles en pleine poitrine.

Alors deux années d'horreur avaient commencé : interrogatoires, garde à vue, mise en examen pour homicide volontaire, manifestations des copains du type devant son bar-tabac, insultes et menaces de mort. Son avocat avait plaidé la légitime défense, mais le cambrioleur n'était armé que d'un pied-de-biche et la défense avait été jugée disproportionnée. Condamnation à un an de prison ferme. Appel. Nouvelles manifestations. Condamnation à dix-huit mois. Neuf mois passés sous les insultes des autres détenus qui le traitaient de facho. Heureusement tous les copains du quartier s'étaient mobilisés et avaient suscité de nombreux articles dans les journaux pour exiger que les commerçants aient le droit d'avoir une arme de protection sous le comptoir, près du tiroir-caisse. C'est à sa sortie de prison qu'il avait eu l'idée de monter un groupe de surveillance nocturne du quartier, officiellement non armé. Le Maire avait renâclé mais les avait en fin de compte tolérés sous l'étiquette de *« Patrouille de Vigilance Citoyenne »*. *PVC* ça les avait fait marrer.

Heureusement les gens, excédés, ont fini par voter massivement pour le Parti Gaulois, et Mimile et ses copains se sont immédiatement inscrits dans une milice officielle, reconnue désormais par la Préfecture. Leur carte de milicien donne accès aux armureries et autorise le port d'armes. Ils se baladent maintenant avec leur Colt à la ceinture et leur fusil d'assaut dans la voiture. Mimile s'est même acheté des jumelles Bushnell de vision nocturne. Tous les soirs c'est la fête. A la tombée de la nuit ils ratissent le quartier pour traquer tout ce qui fait mine de bouger. Puis ils vont se poster au checkpoint du périphérique Nord, pour prêter main forte à l'armée et aux CRS. Ils restent un peu en retrait, prêts à éliminer tous ceux qui arriveraient à forcer le barrage ou à le contourner. Ils adorent faire des cartons sur les belles Audi et sur les gros pickups qui cherchent à pénétrer dans leur territoire. Leur ville est enfin à eux, après tant d'années d'humiliations.

*« Tu te rends compte,* dit Mimile, *que j'ai fait neuf ans de tôle parce qu'un salopard est venu m'agresser chez moi avec un pied-de-biche et que d'après les juges je n'avais pas le droit de me défendre ! C'est le monde à l'envers ! Heureusement que tout ça a changé !* » La terreur a changé de camp.

Ce soir le checkpoint est calme. Les gens des banlieues Nord ont compris qu'il est bien gardé, toute la nuit, et que les gars savent viser. Les carcasses de voitures criblées de balles, qui s'accumulent près du pont qui enjambe le périphérique, en témoignent. Il faut être suicidaire pour essayer de traverser à cet endroit.

Mon fils Yazid il m'inquiète. Il est pas comme les autres garçons de son âge : costauds, agités, bagarreurs, indisciplinés, rebelles, dragueurs, grandes gueules.

Il est tout gentil, timide et bon élève.

Il fait des trucs bizarres : il lit sans arrêt des vrais livres de 200 ou 300 pages, il se balade toujours à pied et prend des photos, il veut pas de scooter, il veut pas de fringues de marques ni de chaussures Nike.

Des fois il reste assis devant la télé éteinte : il parle pas, il a l'air de penser à des choses qu'il peut pas me dire.

Toujours il veut m'aider à faire la cuisine, il dit qu'il aime ça et que c'est pas un truc réservé aux filles.

Ce qui m'inquiète surtout c'est qu'il photographie les jambes ou les cheveux des filles dans la rue ou à la piscine, j'ai vu les photos dans sa chambre : j'ai peur qu'il lui arrive des ennuis un jour.

Je suis partie d'Algérie parce que mon mari était venu travailler ici depuis sept ans et qu'il me disait que c'était mieux la France. Et puis parce que je voulais que mes enfants naissent ici, en famille.

Au début c'était le paradis. On a eu un logement HLM à La Reynerie. On s'entendait bien avec tous les voisins. On se promenait autour du lac. Les gens étaient heureux. On était pauvres mais on riait tout le temps, surtout avec mes copines kabyles.

Au bout de quelques années mon mari a compris que les Gaulois l'exploiteraient toujours et le traiteraient avec mépris comme un Arabe venu de son bled. Un jour il m'a dit « Puisque c'est comme ça je vais leur faire payer : je ne serai plus l'Arabe gentil et poli qui fait tout ce qu'on lui demande. » Et il a commencé à trafiquer, à voler avec une bande de potes. Jusqu'à ce qu'il ait été arrêté et condamné pour braquage.

Depuis j'ai la honte. Je ne l'ai pas dit à mes enfants ni aux voisins. J'ai dit qu'il était retourné au bled pour régler des affaires de famille. Je vais le voir en cachette à Seysses dès que je peux pour lui porter des colis.

Ma fille Izya a vingt ans, mon fils Yazid quatorze. Ils ont bien travaillé à l'école, ma fille deviendra peut-être prof de maths. Je suis fière mais j'ai peur pour elle avec tous ces élèves qui ne respectent plus rien. En plus, une femme pour faire l'école à des garçons… Mon fils, lui, est toujours en train de lire des romans et de faire des photos. Qu'est-ce qu'il va devenir ? Il dit qu'il ne veut pas faire ingénieur, ni docteur, ni avocat. Alors je ne sais pas comment lui parler. J'ai peur qu'il lui arrive quelque chose. Et tout ce qu'il trouve à me dire c'est de ne pas m'inquiéter pour lui.

Et puis il y a eu ce vote pour les Gaulois début mai, et la guerre nous est tombée dessus. On va finir comme nos frères de Palestine, d'Irak et de Syrie, enterrés sous les bombes. Je ne sors presque plus de chez moi, je n'arrive plus à faire la cuisine correctement : il me manque des légumes et de la viande. J'aimerais tant n'être jamais venue habiter ici ! Mon pays me manque. Là-bas je vivrais à nouveau dans une cahute, mais le village ne serait pas en guerre et mes enfants seraient finalement plus heureux au milieu de tous leurs cousins. Je sentais depuis le début que c'était pas bien de quitter son pays. On finit toujours par le payer. Ailleurs, c'est pas mieux pour les pauvres, et tu restes toujours un étranger.

Sur le parvis de la basilique Saint-Sernin, face au lycée et au musée Saint-Raymond, il y a un clochard, seul, toujours le même. Il est grand, un peu voûté, il a dû être très costaud dans le temps. Il a des cheveux roux et gris un peu frisés et une grande barbe déjà blanche par endroits. Ses yeux sont très clairs, bleu pâle, et son visage est rouge, attaqué par la couperose. Il porte un anorak bleu-nuit et un pantalon en velours côtelé marron.

Yazid s'assied parfois à côté de lui sur les marches pour discuter.

Il s'appelle Joseph. Il est ici chez lui. C'est son lieu, son territoire. Il se l'est approprié il y a très longtemps, à l'époque où des gens venaient encore à la messe le dimanche matin, ou pour les baptêmes, les mariages et les enterrements. Ils lui laissaient toujours une petite pièce en sortant. Il faisait partie de la basilique, comme les statues, les vitraux et les gargouilles.

Après il y avait eu Rocard et le RMI, mais les petites pièces de monnaie étaient toujours les bienvenues.

Parfois il buvait trop, une équipe de bénévoles en maraude du SAMU social venait se pencher sur lui et l'emmenait à Marchant, chez les fous. Mais lui n'était pas fou, juste déchiré et incapable de se lever pour aller se trouver à manger pendant deux à trois jours. Après ça allait mieux, il émergeait, l'infirmière lui disait : « *Pensez à boire beaucoup d'eau pour vous hydrater, monsieur Roux* », et elle le relâchait avec un soupir sur la route d'Espagne. Direction le Nord, Croix-de-Pierre, Fer-à-Cheval, Saint-Cyprien, Pont-Neuf, Esquirol, rue Saint-Rome, Capitole, rue du Taur. Le trajet était inscrit dans ses jambes. La Garonne coulait sur sa droite, ça lui rappelait l'hydratation. Le premier jour il passait devant tous les bistrots de l'avenue de Muret et des allées Charles-de-Fitte sans les regarder. Il ne pouvait pas se permettre de sombrer avant d'avoir atteint son territoire en face du lycée Saint-Sernin. Sa place, son refuge, son asile.

Monsieur Roux n'est pas de Toulouse. Il vient de Lorraine. Il a dû traverser toute la France pour se réfugier ici, au soleil, loin des brumes du Nord. Il a essayé de travailler à droite et à gauche dans son ancien boulot (conducteur d'engins de chantier). Mais il était trop triste à cause de sa fille qu'il avait dû laisser là-haut après son divorce. Elle a peut-être des enfants maintenant, il ne le saura jamais. Alors il a continué à boire et s'est fait virer de tous les chantiers après avoir fait des tonnes de conneries avec son tracto-pelle.

Maintenant il est installé sous le porche de Saint-Sernin, sur des cartons. Il s'est organisé. Ses affaires sont rangées autour de lui dans de grands sacs en plastique. Il a une doudoune, des pulls, un bonnet, des gants et un sac de couchage. Du rosé et même des conserves certains jours, quand on ne les lui a pas piquées. Ce qui lui manque c'est ses chiens : il n'arrive plus à en garder un seul. Ils ont tous été tués. La rue est sans pitié. Le chien est devenu un gibier.

Quand il était plus jeune il a beaucoup lu, sans faire d'études, juste en discutant avec les étudiants. Il s'installait souvent dans le jardin de la Fac des Lettres, rue Albert-Lautman, sur un banc, pour lire. Et il se faufilait parfois au dernier rang de l'amphi Marsan pour suivre les cours de philo ou de socio. Ce qui l'intéressait surtout c'étaient les systèmes philosophiques allemands : Kant, Hegel, Schopenhauer, Marx, Nietzsche. Et les grands sociologues : Durkheim, Mauss, Lévi-Strauss. Chaque semaine un étudiant lui passait un bouquin qu'il jugeait fondamental. La semaine d'après il le lui rendait avec quelques commentaires.

Aujourd'hui il arrive à se diriger tout seul dans l'histoire de la pensée, sans l'aide des étudiants : il s'installe à la Bibliothèque

Municipale, rue du Périgord, et remplit ses petits carnets. Tous les bibliothécaires le connaissent. Il est toujours très propre, silencieux et poli avec eux. Il a toujours deux ou trois dictionnaires autour de lui, parce qu'il ne connaît pas tous les mots.

Avant, des gens s'arrêtaient pour me donner une pièce en sortant de la messe.

Maintenant ils s'arrêtent pour me piquer mon sac de couchage ou mes boîtes de conserve.

Il y a aussi ceux qui m'insultent et me disent : « Bouge-toi le cul ! Si tu veux manger, va voler de la bouffe comme tout le monde ! Tu crois quoi ? C'est la guerre ! Le RSA c'est fini ! L'aumône aussi ! »

Les clochards et les fous vont crever en premier, c'est sûr, comme sous Hitler. C'est la loi de la nature.

Quand c'est la guerre il n'y a plus de parachute, de matelas, de minima sociaux, de solidarité collective ni de fraternité individuelle. C'est la jungle : tu tues ou tu meurs.

Je n'ai plus de chiens : ils me les ont tous tués. Pour les bouffer.

Je suis rouquin, comme beaucoup de Lorrains. En plus je m'appelle Roux. Alors ils essaient de me tabasser parce que je porte malheur d'après eux. Il leur faut toujours un bouc émissaire.

Mais je me laisse pas faire :
j'ai mon couteau à cran d'arrêt. Ils
le savent.

Je me souviens de Toulouse au temps où j'avais débarqué de Lorraine. Là-bas j'avais un job de conducteur d'engins de chantier, j'avais une femme et une gosse. C'était le bonheur. Je picolais un peu avec les copains, mais sans plus, comme on picole en Lorraine après le boulot. Au bout de quelques années ma femme m'a dit qu'elle en avait marre de me voir rentrer bourré et ronfler toute la nuit, et elle s'est tirée avec ma gosse. J'ai pas supporté. J'ai pété les plombs. Pour le coup je me suis mis à boire pour de bon, dès le matin, et bien sûr mon chef de chantier s'en est aperçu au bout de trois jours. Il m'a viré pour faute grave, sans aucune indemnité. A partir de là j'ai tout perdu, mon boulot, mon appart et ma bagnole. Ma femme et ma fille c'était déjà fait. J'ai dégringolé direct. Je n'ai plus supporté la Lorraine, ça me rappelait sans arrêt l'échec de toute ma vie. Alors j'ai pris la route avec mon sac à dos direction le Sud, et au bout de trois semaines j'ai atterri à Toulouse. La ville m'a plu et je m'y suis arrêté.

Place Saint-Sernin, en attendant d'avoir réglé tous mes papiers et trouvé peut-être un petit appart en colocation.

Au début ça s'est bien passé. J'ai assez vite trouvé un T1 rue de Cugnaux près du marché Saint-Cyprien. Je faisais des petits boulots. Je payais mon loyer. J'avais le temps de lire, de faire un tour à la Fac de Lettres. J'ai beaucoup diminué la boisson.

Et puis un jour, après les élections de mai, les gens ont été pris de folie. C'est arrivé très vite, en deux mois. Toulouse maintenant c'est devenu le bordel intégral, toutes les administrations ont été désorganisées et dépassées en quelques semaines. Alors un clochard lorrain qui débarque et qui vient demander du travail ou des aides sociales c'est le dernier de leurs soucis. Ils essaient tous de survivre et de sauver leur peau, alors moi là-dedans je ne pèse pas lourd…

« Tous les soirs je discute dans mon lit avec Doha. Je lui parle de la journée écoulée et de notre vie future : à la campagne, avec nos enfants et nos animaux ; ou alors au bord de la mer, sur la plage d'une île que j'ai vue à la télé. Je me masturbe après en regardant sa photo sur mon portable, et j'ai honte.

J'ai beaucoup de questions à vous poser Doc, sur les filles et sur le sexe. Il n'y a qu'à vous que je peux parler de ça.

— La sexualité des filles a toujours été le continent inconnu pour les hommes, le continent noir. C'est bien connu, si l'on peut dire.

— Je ne sais pas ce qui peut faire plaisir à une fille. Je ne suis pas sûr d'y arriver. Les films porno me font peur, ça a l'air violent. Vous êtes sûr que les filles aiment ça ? Qu'on les sodomise, leur tire les cheveux, leur éjacule sur la figure ? Et puis elles crient beaucoup : ça a l'air de leur faire mal en fait. Je me trompe ?

— Dis-toi que ces films sont faits par des malades mentaux pour des malades mentaux. Le désir, le plaisir et la jouissance n'ont rien à voir avec ces pauvres scénarios réduits à trois ou quatre fantasmes misérables et étriqués, toujours machistes et dominateurs. Le sexe c'est l'inverse : la liberté complète pour les deux partenaires d'exprimer leurs désirs, de manifester leur satisfaction, d'être attentifs à l'autre, de respecter son rythme, de l'accompagner dans la montée vers l'orgasme. Tout ça n'a rien de violent ni de douloureux ; le sexe c'est la joie, la légèreté et le partage. C'est la confiance aussi et l'abandon à l'autre. C'est l'oubli des normes, des règles, des obligations de performance, des comparaisons, des contraintes, de l'ordre social patriarcal. C'est la liberté et l'anarchie. C'est révolutionnaire le sexe. C'est pour ça que les sociétés essaient toujours de l'interdire, de l'encadrer, de le cacher ou, quand elles acceptent de le montrer, c'est pour le contrôler et en tirer profit. Ne sois pas dupe : la pornographie ce n'est pas la libération sexuelle, c'est juste son contraire récupéré comme marchandise.

Ta sexualité c'est une force, une pulsion de vie qui te pousse vers l'autre pour augmenter ta puissance d'exister et augmenter aussi la sienne, comme disait Spinoza. C'est la chose la plus agréable, la plus belle, la plus forte, que tu puisses rencontrer et faire dans ta vie.

— C'est mieux que la masturbation alors ?

— Mille fois mieux ! Dans la masturbation tu n'as affaire qu'à des images mentales. Dans la sexualité à deux tu as affaire à une personne réelle dans un corps véritable avec sa texture charnelle et son rythme. Tu as tout : la peau, le toucher, l'odeur, la voix, les mouvements du corps, le regard. Et surtout c'est un dialogue qui amplifie les sensations de chacun des partenaires. C'est une expérience totale. On n'a rien inventé de mieux dans la vie. C'est bien mieux que les extases du sport ou de la drogue.

— J'espère que je vais pouvoir connaître ça bientôt, si c'est vraiment comme vous le dites. Mais ça me fait encore un peu peur : je ne suis pas sûr d'y arriver.

— Moins tu y penseras, moins tu seras anxieux et plus naturellement tu y arriveras. Et ta copine sera là pour t'accompagner, t'aider ou prendre des initiatives : c'est un voyage à deux, pas une épreuve sportive.

— Jeudi, sur le marché de La Reynerie, j'ai photographié en douce une fille entièrement voilée de noir avec un niqab saoudien qui ne laissait voir que ses yeux. J'ai l'impression qu'elle était très jeune. C'était très beau, fascinant et effrayant en même temps. Comme une apparition venue d'ailleurs. Du monde des morts. Comme un fantôme. Regardez. »

Les filles de chez moi cachent
leurs cheveux
mais ne peuvent cacher leur
regard noir
qui me transperce

Je suis dans un pays nouveau, bizarre, à la fois inconnu et familier. Ce n'est ni la France ni la Kabylie. C'est une oasis avec des palmiers, de l'eau et de l'ombre, et le désert blond tout autour qui la protège de la folie des villes.

Je m'arrête devant une maison blanche carrée avec un toit en terrasse et de toutes petites fenêtres. J'ouvre la porte.

Doha est là dans un patio entouré de colonnades où coule une fontaine avec son jet d'eau, comme en Andalousie. Tout autour, des fleurs et des plantes vertes.

Nos enfants jouent autour du bassin et s'éclaboussent en riant. Le chien les poursuit en sautant et aboyant.

Doha vient m'accueillir et m'entraîne par la main à l'intérieur, vers une pièce sombre et fraîche. Elle m'installe sur un grand divan couvert de coussins. Elle me verse du thé brûlant et me tend un plateau de pâtisseries, des cornes de gazelles et des baklavas : c'est ce que je préfère. Les enfants viennent se vautrer sur le divan et se blottissent contre nous.

Ils me regardent tous avec amour.

Alors je commence à leur parler à voix basse de mon voyage vers les grandes villes du Nord, du bruit, de la saleté, de l'agitation, de la vitesse, de l'agressivité, de la violence, de la course à l'argent, de tout ce à quoi ils échappent ici, dans leur oasis.

« En cours j'aime le Français bien sûr, mais surtout l'Histoire et la Géo. Comme ça je comprends le monde actuel. Le prof nous explique les rapports de force mondiaux. Je crois qu'il est un peu communiste ou même altermondialiste peut-être. En tout cas il n'est pas d'accord avec ce qu'on nous raconte à la télé. Il nous dit en riant que son boulot c'est de rectifier toutes les énormités qui s'y disent. Il nous a expliqué l'origine du conflit entre Palestiniens et Israéliens : tous nos problèmes actuels en France viennent de là d'après moi, parce que les Arabes en France se prennent maintenant pour des Palestiniens opprimés par les Gaulois.

J'aime pas la gym et la piscine parce que les garçons se moquent de moi, de mes biceps, mes épaules, ma poitrine, mes cuisses. Ils rigolent de tout : je ne suis pas un vrai mec baraqué comme il faut.

Les cours de SVT j'adore, surtout la biologie de la reproduction. Mais certains n'aiment pas ça : ils disent à la prof qu'elle n'a pas le droit de parler de la capote et de la pilule, que c'est manquer de respect, qu'on ne doit pas parler de ça, aux filles surtout, que c'est les inciter au péché, qu'elles doivent rester vierges jusqu'au mariage !

Vous vous rendez compte ! Ils pensent que ce sont leurs coutumes qui ont raison contre la prof de sciences, parce qu'elles sont ancestrales et sacrées !

Les filles au contraire, elles disent rien mais elles notent tout. Elles aiment bien que la prof leur explique comment ça se passe tout ça, le clitoris, l'hymen, le vagin, le col de l'utérus, le point G, l'ovulation, les règles et les spermatozoïdes. Et toutes les maladies qu'on peut attraper si le garçon ne veut pas mettre de capote. Elles vont même lui poser des questions à voix basse à la fin du cours.

— C'est vrai qu'à l'école on n'enseigne pas beaucoup de choses utiles immédiatement dans la pratique : coller une rustine sur une chambre à air, réparer une installation électrique ou une fuite d'eau, cultiver des légumes, faire la cuisine ou la couture, la menuiserie, la plomberie, la peinture ou la maçonnerie, s'occuper d'un bébé. Quant à la sexualité c'est encore le domaine interdit. Il n'y a guère que quelques profs de SVT qui osent faire un travail d'explication simple et objective : comment c'est fait un corps de fille et un corps de garçon, comment fonctionne le plaisir et pas simplement la reproduction, comment se protéger des maladies, comment éviter une grossesse non désirée. Tout ça c'est libérateur et donc ça ne plaît pas aux religieux qui considèrent que la sexualité est diabolique, surtout chez les jeunes, et que ça ne doit être toléré que dans le mariage et pour faire des enfants. Et les petits machos ne veulent pas eux non plus que les filles soient au courant de tout ça. Ils draguent les filles gauloises affranchies qu'ils traitent comme des putes, et se gardent jalousement leurs propres filles vierges pour le mariage. Tu as raison : c'est vraiment comme au Moyen-Age !

— Hier soir j'ai regardé l'orage depuis le balcon de ma sœur. J'aime l'odeur de la pluie en été.
J'ai photographié quelques éclairs et la rue noire et brillante sous la lune, après la pluie. »

Cette nuit la pluie d'argent
a verni le dos noir de la rue

L'assistante sociale on ne l'aime pas trop dans le quartier.

Elle vient enquêter chez ma mère pour voir si elle n'a besoin de rien, si elle paie bien ses factures et si elle arrive à élever ses enfants toute seule.

Elle fait peur, parce qu'elle peut faire un signalement à la DDASS et placer les enfants en foyer ou en famille d'accueil. Elle a le pouvoir de retirer les enfants et de disloquer les familles. C'est dingue ça ! Elle se demande juste si la famille « monoparentale » entre dans les cases de son questionnaire ou pas. Elle ne se demande pas si ta mère t'aime, si elle te fait des câlins et si tu te sens bien avec elle.

C'est l'œil des Gaulois sur les Arabes.

Enfin, ça c'était avant.

Maintenant on ne la voit plus. Elle a peur d'entrer à La Reynerie. Elle ne peut plus venir en voiture de toute façon. Alors elle reste planquée dans son bureau à la Cité Administrative près de son téléphone et elle attend qu'on l'appelle.

« Mon père a disparu depuis trois ans. Ma mère me dit qu'il est retourné au bled pour régler des affaires de famille, d'héritage, de partage de terres avec ses frères.

Je n'y crois pas du tout : pourquoi il ne m'a jamais dit au revoir ni envoyé une lettre avec un timbre d'Algérie pour me rassurer ?

Moi je pense qu'il est en prison pour trafic ou braquage, ou même qu'il est peut-être mort, et que ma mère n'ose rien me dire.

Quand j'étais tout petit il m'adorait, il me soulevait dans ses bras et m'embrassait dès qu'il arrivait. Il m'appelait « mon petit Kabyle ». Il m'emmenait promener avec lui le samedi au centre-ville. On rencontrait des amis à lui, on s'asseyait à la terrasse d'un bistrot du boulevard de Strasbourg. Il buvait un café ou un thé et pour moi il commandait une grenadine ou une menthe à l'eau. J'aimais bien les entendre parler en arabe, du pays et de la France. Le dimanche matin on faisait le tour du marché aux puces, place Saint-Sernin, et il m'achetait toujours un petit cadeau, un jouet, une casquette ou un tee shirt.

Il m'adorait. J'étais son seul garçon. Il disait à ses copains en me caressant les cheveux : « J'ai pas un radis. C'est ça ma seule fortune. »

Et puis quand j'ai eu onze ans, un jour il a disparu.

— C'est l'incertitude, le doute, le secret et le non-dit qui t'angoissent. Tu lui en veux comme s'il t'avait abandonné sans un au-revoir ni un mot d'explication, et en même temps tu as peur qu'il lui soit arrivé malheur. Tu serais finalement plus apaisé si tu savais qu'il est mort et si tu pouvais aller lui parler sur sa tombe. »

Pendant la journée, des drones survolent silencieusement les rues. Ils filment tout ce qui se passe et envoient les images au PC de la police ou de l'armée. Personne ne sait qui contrôle sur l'écran.

Pour l'instant ils ne font que filmer, mais un jour peut-être ils feront autre chose. Comme au Moyen-Orient : des assassinats ciblés.

Certains ont été détruits par des tirs partis des sommets des immeubles.

Des gens qui n'aiment pas être surveillés.

« Les grands ils ne vont plus à l'école Doc, ils n'obéissent à personne et ils veulent tout contrôler : qui entre dans l'immeuble, qui en sort, comment tu es habillé, ce que tu fais. Ils se mêlent de la vie privée de tout le monde.

Ils me font chier pour que je fume du shit et que je me mette à en vendre aux Gaulois.

L'été surtout c'est pénible parce qu'il faut laisser les fenêtres ouvertes à cause de la chaleur et qu'ils sont tous dehors au pied des immeubles toute la nuit. Ils crient, boivent et fument, mettent la musique à fond, organisent des rodéos avec leurs scooters, leurs quads ou avec des voitures volées, puis y mettent le feu, et caillassent les pompiers dès qu'ils arrivent. C'est leur jeu préféré. Ils vivent la nuit. Ils sont les patrons de la cité.


— Je sais Yazid. On a laissé depuis des années des adolescents désœuvrés prendre le pouvoir dans leur environnement immédiat, l'immeuble ou la cité. Alors ils ont pris la grosse tête et se comportent comme des petits chefs barbares qui imposent tout seuls leur loi sur leur territoire : qui a le droit d'entrer, comment il faut être habillé, quelle religion il faut pratiquer. Les parents et les grand-parents sont complètement dépassés.

	— Mais alors que peut-on faire pour redresser tout ça : réprimer ou éduquer ?

	— Il faut faire les deux : éduquer en amont et réprimer en aval. Et surtout leur trouver un travail qui les occupe et dont ils puissent se sentir fiers. »

A la tombée de la nuit les hélicoptères arrivent et se mettent à survoler la cité avec leurs projecteurs qui ciblent les fenêtres et les balcons.

Ils tournent longtemps : officiellement ils surveillent tout mouvement suspect, mais en fait on dirait qu'ils veulent juste empêcher les gens de dormir, les terroriser par le bruit et la lumière.

L'hélico bourdonne
et gifle l'air de ses pales

Une fois la nuit tombée, la ville sombre dans le noir absolu, comme une ville morte qui s'est éteinte à la surface du globe et qu'aucun satellite ne peut plus repérer.

Plus de réverbères. Plus de vitrines éclairées. L'activité de toutes les centrales nucléaires a été interrompue par mesure de précaution. Les rares centrales traditionnelles, thermiques ou hydrauliques, fonctionnent au ralenti et ne distribuent de l'électricité que quatre heures par jour au moment des repas.

Les gens continuent à manger à ces heures-là. Ils conservent comme ça une régularité qui les cadre un peu et les empêche de devenir fous.

On voit parfois des ombres se glisser le long des murs. Elles ont l'air de chercher des magasins de nourriture. Elles ont l'air armées.

« Le Ramadan c'est dur quand ça tombe en pleine canicule. Il fait chaud, j'ai soif, j'ai faim à partir de midi et ça me fait très mal au ventre.

Ce qui est bien c'est qu'on fait la cuisine toute la journée pour préparer l'iftar (le repas de rupture du jeûne après le coucher du soleil) et le suhûr (le repas de l'aube suivante).

J'aime regarder ma mère quand elle prépare tout en dirigeant mes sœurs. J'aime ses gestes quand elle égrène la semoule avec ses doigts agiles pleins de beurre. J'aime les odeurs de harissa et de coriandre, de menthe et de poivrons au four, d'oignons frits dans l'huile d'olive.

Elle n'aime pas que je les regarde ni que je les aide. Elle dit que c'est aux filles de faire tout ça. Que si les garçons me voient dans la cuisine ils vont se moquer de moi.

Parfois elle craque et me laisse participer, mais il faut surtout pas que les voisins le sachent !

Il y a plein de plats kabyles que j'aime préparer. Regardez Doc, je les ai tous marqués dans mon carnet de recettes de cuisine. Les galettes de semoule à l'huile d'olive (Aghroum), le couscous (Seksou), les boulettes de semoule (Tikourbabines), la Chlita (poivrons et tomates grillés), la Tchakchouka (ratatouille avec tomates, poivrons, oignons et œufs), la Chorba (bouillon de légumes avec de l'agneau)… J'aime aussi faire les desserts : les beignets à la semoule (Sfendjs), les omelettes à la farine ou à la semoule (Mchawcha), les crêpes mille-trous, semoule-farine-lait (Tighrifine).

— Dis-donc, tu ne leur fais manger que de la semoule ?

— Oui, la semoule est partout ! C'est la base. Certains disent même que les Kabyles ont inventé le couscous.
Toutes les recettes, ma mère les a dans sa tête. Des fois je vérifie sur Internet en douce, pour avoir quelques variantes ou des noms différents pour la même recette, mais ça elle n'aime pas trop : elle me dit que sur Internet ils n'y entendent rien en cuisine.

— La cuisine, ses odeurs et ses saveurs, ses gestes aussi, c'est peut-être l'essentiel de nos racines, c'est ce que notre mère nous a transmis de vital : tout ce qui passe par la bouche, comme le lait, comme la langue. Et les odeurs aussi.
Tu as la Kabylie que tu n'as jamais connue, tout entière dans la cuisine de ta mère, dans ses gestes, dans ses mots, ses vêtements et sa coiffure. Comme tu as sa voix dans tes oreilles quand elle te chantait des berceuses.

Et si tu prends plaisir à faire la cuisine c'est que cette activité te convient vraiment, que tu t'y exprimes librement, qu'elle fait partie de toi, qu'elle te ressemble.

C'est la définition même de l'action libre selon Spinoza :

« *Je dis que nous sommes actifs lorsque, en nous ou hors de nous, il se produit quelque chose dont nous sommes la cause adéquate.* »

Regarde, je t'ai amené *Les Nourritures Terrestres* de Gide. Ecoute ça. Il dit à peu près la même chose. »

« *Chaque action parfaite s'accompagne de volupté. A cela tu connais que tu devais la faire. Je n'aime point ceux qui se font un mérite d'avoir péniblement œuvré. Car si c'était pénible, ils auraient mieux fait de faire autre chose. La joie que l'on y trouve est signe de l'appropriation du travail et la sincérité de mon plaisir, Nathanaël, m'est le plus important des guides.* »

Les regards s'évitent dans la rue,
les gens tracent le long des
trottoirs,
l'ennemi est partout

La ville est silencieuse. On n'entend plus le vacarme continuel des voitures, des scooters, des camions et des bus. Même les avions, qui allaient tourner au Sud avant de survoler le Mirail et de se poser à Blagnac, se font rares et passent loin de la ville.

A la nuit tombée on entend parfois un gros véhicule (un pickup ou une jeep sans doute) foncer en hurlant sur les boulevards ou au bord du canal, puis une rafale de coups de feu qui l'arrête net. Parfois une explosion après et des flammes qui illuminent le feuillage des platanes.

Puis le silence à nouveau.

« J'ai peur du silence, Doc. C'est bizarre parce qu'avant c'étaient les bruits qui me gênaient et qui, à force, me faisaient mal à la tête. La ville c'est le bruit, toujours et partout. Les voitures, les bus, les camions, les motos, les scooters, les klaxons, les sirènes. Dès le matin, quand les gens partent au travail. Et même la nuit, quand des voitures font la course ou s'enfuient et que les sirènes des flics les pourchassent.

Je m'en plaignais, mais je crois que je m'étais habitué à tous ces bruits, ils faisaient partie de ma vie.

Depuis qu'ils ont presque tous disparu je me sens angoissé, comme s'il me manquait quelque chose de rassurant.

— Le silence absolu nous laisse isolés, abandonnés, avec les seuls battements du sang dans nos oreilles. Et les pensées qui affluent et tournent en boucle. A la longue c'est très angoissant. Certains ne supportent pas ce silence : ils allument la radio ou la télé dès qu'ils se réveillent. Certains laissent même ce bruit de fond toute la nuit, sans quoi ils n'arrivent pas à dormir. C'est une lutte permanente contre le vide et le néant. Comme si le silence représentait une confrontation physique avec la mort tout près de nous, dans notre tête. Un silence complet peut engendrer une insomnie, comme si se laisser aller au sommeil était s'abandonner à une mort qui peut nous emporter dès que nous ne sommes plus vigiles.

— Certains jeunes écoutent de la musique en permanence, même quand ils marchent dans la rue. Je les ai photographiés de dos avec leur casque.

— Le casque les protège et les enferme, les isole des autres. J'ai souvent vu ça chez les patients psychotiques : ils baissent les yeux pour ne pas rencontrer de regard, et grâce au casque ils n'entendent même pas la présence des autres. La musique leur permet de rester enfermés dans leur tête. Certains s'en servent aussi pour couvrir et annuler le bruit intérieur des voix qui les accompagnent en permanence.

— Et le rap à tue-tête dans les voitures vitres ouvertes ?

— Ça c'est de la pure provocation et de l'arrogance pour narguer et gêner les autres, pour venir jusque dans leur territoire du centre-ville leur imposer violemment une musique qui n'est pas la leur, la musique des barbares qui se prennent pour des rebelles. »

Toulouse ce matin est plombée de silence. Le plafond bleu est posé sur elle comme un couvercle qui étouffe tous les bruits. Rien ne bouge. Aucun moteur de voiture, de scooter ou de bus. Même pas un piéton ou un vélo. Quelques chiens galopent d'un trottoir à l'autre en flairant et fouillant les tas d'ordures qui les encombrent.

Tous les magasins ont leur rideau de fer baissé. Certains sont éventrés. Les marchandises ont été pillées.

Les vitrines de ceux qui n'avaient pas de rideau de fer ont explosé et l'intérieur du magasin a été ravagé par un incendie après le départ des pillards. Les cendres sont déjà froides et ne fument plus. Les pillards ont disparu depuis longtemps.

On a l'impression d'arriver après un tremblement de terre, après un bombardement, une razzia ou une invasion barbare semant ses cocktails Molotov sur son passage.

Tout est silencieux, comme si ça s'était passé il y a très longtemps, ou comme si la planète entière avait été désertée, après la fin du monde. De ce monde-ci du moins.

Bizarrement, le soleil brille sur cette ville étrange qui semble ne pas fonctionner comme d'habitude, ou ne plus fonctionner du tout. Une ville sans agitation, sans mouvement, sans bruit de fond, sans moteurs, sans trains, sans avions, sans piétons. Une ville abandonnée aux chiens errant entre les tas d'ordures.

Où sont les gens ? Dans leurs cités à la périphérie pour la plupart, dans leurs villas au-delà de la banlieue pour les privilégiés, peut-être terrés derrière leurs volets dans leurs appartements du centre-ville ? Certains, les plus riches, ont fui dès le début loin d'ici, à la campagne ou à l'étranger. Certains sont morts et leurs cadavres jonchent les trottoirs, les parkings et les bords du canal : les plus pauvres sans doute. Les chiens s'arrêtent, les flairent, hésitent, puis repartent vers les autres tas d'ordures.

« Doc, comment c'est possible que notre ville, avec tout notre mode de vie, toute notre civilisation, se soient effondrés aussi vite, en quelques mois ?

— Toutes les civilisations sont mortelles. Elles naissent, se développent, prospèrent, puis vieillissent et meurent en passant le relais à une autre plus jeune et plus dynamique. Elles vivent et meurent, comme toutes les espèces vivantes. C'est normal. C'est un processus très lent et difficile à percevoir quand on est dedans et qu'on a le nez dessus.
Ce qui nous est arrivé est différent. Notre société était traversée de tensions et de conflits qu'elle cachait plus ou moins. Les gens ne voulaient pas voir, ils étaient dans le déni. Tout allait bien, mis à part quelques trublions qui faisaient tache. Le couvercle de la cocotte-minute tenait bon. Jusqu'au jour où la pression est devenue trop forte et l'a fait sauter brutalement. Alors la violence latente et contenue s'est engouffrée dans la brèche. Ce n'est pas la fin d'une civilisation, c'est l'explosion spectaculaire d'une société minée par la lutte qui existait depuis longtemps entre deux parties de la population mais que jusqu'ici l'ordre social des dominants avait réussi à

juguler et à faire taire. Officiellement nous vivions en paix, assis sur le couvercle.

— C'est surtout la peur qui empêche les gens de sortir aujourd'hui. Avant nous vivions dehors, au soleil, dans les rues, aux terrasses. Maintenant tout ça c'est le lieu de tous les dangers, les tirs, les explosions, les incendies, les effondrements. Tout peut arriver à tout moment, et surtout le pire. Rien n'est sûr.

— Oui, ce n'est pas la fin de notre civilisation, c'est la fin de l'Etat de Droit. Provisoire j'espère. En attendant, les gens se terrent chez eux.

— Ils sont terrorisés par les terroristes.
Il n'y a qu'ici avec vous, sur ce banc, que je me sens comme autrefois : on discute tranquillement des questions qui nous tracassent, on argumente au lieu de s'insulter ou de se frapper. Tout ça me rassure parce que ça prouve que c'est encore possible, même au milieu du chaos. Il suffit qu'on soit deux à se parler pour qu'il y ait un peu d'espoir. Mais, dès que je quitte le jardin, je retrouve la barbarie et je ne vois pas le bout du tunnel. »

En ville c'est le désordre total.

Les ordures entassées dans les rues.

Les magasins saccagés ou incendiés.

Les voitures brûlées ou criblées de balles.

Les rideaux de fer tirés ou explosés.

Les terrasses des bistrots vides.

Le silence partout.

Pas de bus, pas de taxis, pas de métro.

Les écoles des cités désertes.

Les coupures d'électricité, la pénurie d'essence.

Les carcasses de voitures partout.

La fumée, les flammes.

Les immeubles éventrés et effondrés.

Les bruits inhabituels qui par moments trouent le silence : les pickups qui foncent, les tirs en rafales, les roulements et grondements des blindés, les hélicoptères, les drones.

Les cadavres sur les trottoirs, sous les porches, au bord du canal ou de la Garonne.

L'odeur de pourriture.

Et la nuit, le noir absolu, transpercé par endroits des lueurs d'un incendie.

Avant j'aimais me promener à pied dans les vieilles rues du centre-ville. J'entrais sous les porches sombres des immenses demeures de notables qui sentaient le frais et l'ancien. Je photographiais les vieux hôtels particuliers Renaissance avec leurs fenêtres à croisée et leurs escaliers en colimaçon. Je longeais les quais de la Garonne, le Pont-Neuf, le pont Saint-Pierre, le pont des Catalans, les berges du canal du Midi et du canal de Brienne depuis les Ponts-Jumeaux jusqu'au pont des Demoiselles. J'adore l'eau qui change de couleur à tout moment, les oiseaux qui s'y posent, les poissons qui sautent en trouant la surface. Je prenais tout ça en photo : c'était à la fois calme et vivant.

Puis j'allais vers les coins où les gens se rassemblaient : les rues piétonnes, les terrasses des bistrots sur les boulevards ou sur les places, Wilson, Victor-Hugo, Saint-Georges, Capitole, Esquirol, Saint-Etienne. J'adorais le bourdonnement des terrasses au soleil, les couleurs des parasols, les tenues des gens quand ils dénudent leurs bras et leurs jambes au printemps et que la vie qui renaît semble facile et joyeuse. Les regards qui se croisent ou se cherchent, les rires, les bavardages, les rencontres et les relations débutantes. C'étaient des morceaux de vie que je photographiais de loin.

Aujourd'hui la ville m'angoisse : le silence, les décombres, les ruines, les gravats, les ordures, les chiens, les voitures brûlées, les impacts sur les murs. Tout ça est effrayant mais j'y reviens toujours : comme si j'étais fasciné par le chaos qui s'est abattu sur elle. Et je continue à prendre mes photos de cette nouvelle ville morte et vide, qui subsiste comme un témoin en ruines, comme un décor de théâtre abandonné, vestige inerte d'une ancienne vie disparue.

De retour chez moi je juxtapose ces deux séries de photos sur le mur de ma chambre, et j'écris les dates au feutre. C'est comme deux pages de manuel d'histoire en vis-à-vis : avant/après.

« La dernière campagne électorale je l'ai regardée à la télé, parce que notre prof d'Histoire nous avait dit qu'il fallait bien écouter les programmes des différents candidats cette fois-ci, que c'était très important pour l'avenir du pays, et que ça nous préparerait à ne pas nous laisser embobiner quand nous voterions à notre tour à 18 ans.

J'ai bien compris la droite, l'extrême-droite, la gauche et l'extrême-gauche, les écologistes, les protectionnistes et les libéraux, les identitaires, les communautaristes et les laïcs.

J'ai bien compris l'intégrisme religieux, l'islamisme politique et l'islamophobie.

Par contre je n'ai pas compris pourquoi on parlait au sujet de certains partis d'islamo-gauchisme. Qu'est-ce que c'est ce nouveau truc, Doc ?

— Certains courants gauchistes pensent que quand on s'attaque aux coutumes et aux pratiques qui se réclament de l'Islam, on s'attaque en fait sans le dire à l'identité des immigrés pauvres venus du Maghreb ou d'Afrique, au sous-prolétariat. Pour eux l'Islam est la religion des opprimés, et de ce fait ne peut être critiquée que du point de vue de la classe dominante. Dès que tu attaques l'Islam tu es du côté des puissants et tu enfonces les victimes. Ils voient toute cette polémique sur les signes extérieurs de l'Islam comme une prolongation de la lutte des classes et de la colonisation, quand au XIX° siècle les missionnaires catholiques arrivaient dans le sillage des armées d'occupation coloniale pour convertir les populations autochtones. Il s'agissait d'européaniser tous ces pauvres gens et de les faire entrer dans ce qui était perçu comme le progrès par rapport à leurs coutumes médiévales barbares : vêtements, rites, famille, statut des femmes …

— Peut-être aussi que certains, qui ne supportaient pas les Arabes depuis longtemps, sont ravis de cette idéologie salafiste et de ces attentats djihadistes : ça leur permet de mettre tous les musulmans dans le même sac, et de dire que c'est cette religion qui est pourrie dès le départ, et pas juste quelques fous fanatiques.

— Bien sûr. Et leurs adversaires, en nous comparant à certains pays européens qui tolèrent le voile intégral dans les rues ou dans les universités, ont réussi à nous faire passer pour des racistes anti-immigrés et anti-pauvres.

— Mais Doc, s'il faut respecter toutes leurs vieilles traditions, ça veut dire qu'on doit accepter la polygamie, les femmes contraintes de rester à la maison ou de ne sortir que voilées, les mariages des petites filles avec des vieux, la rue et les bistrots réservés aux hommes qui eux ont toute liberté vestimentaire dans l'espace public, le burkini pour les unes et le slip de bain pour les autres…

— Tu pourrais aussi ajouter les violences conjugales, parce que si l'homme est maître chez lui il a le droit de tabasser sa femme si elle ne se plie pas à sa loi, de marier sa fille à qui il veut, de frapper ses enfants. Il faudrait même respecter les mutilations infligées aux petites filles par les femmes dans certaines communautés africaines (excision et infibulation) et la circoncision sans anesthésie des petits garçons. Les lois que nous avons votées ne seraient pas applicables à leur communauté, parce qu'ils ne doivent obéir qu'à Allah et que selon eux la loi religieuse prime sur la loi nationale.

— C'est dingue ! Et tout ça il faudrait le tolérer ici et le respecter parce que c'étaient leurs coutumes là-bas ?

— Oui, et en plus au nom du marxisme et de la lutte des classes ! C'est fou ! Le pauvre Marx doit se retourner dans sa tombe au cimetière de Highgate à Londres !

— J'ai mal dormi la nuit dernière à cause du bruit. Tenez Doc, j'ai photographié le pinceau de lumière d'un hélicoptère sur la fenêtre de ma chambre. »

L'hélico balaye les fenêtres
de son rayon blanc,
les gens se cachent sous les lits

Des carcasses d'automobiles brûlées encombrent les parkings, les contre-allées le long des boulevards, le bord du canal. Les gens qui laissaient leur voiture dormir dehors n'en ont plus.

Des gens devenus récemment sans-domicile, obligés de dormir dans leur véhicule qu'ils ont réussi à conserver, garé sur un coin de parking en plein air, ont été brûlés vifs par des groupes partis en opération de représailles. Les victimes les plus vulnérables sont celles qui dorment dans la rue sur des cartons. Les commandos de pleutres barbares se jettent sur elles à plusieurs, les dépouillent et les massacrent : c'est tellement facile. C'est l'impunité totale de nos jours.

Ils descendent du Faubourg-Bonnefoy, passent sous le pont du chemin de fer, attaquent l'avenue de Lyon et débouchent sur le bord du canal du Midi. Sur la gauche la gare routière, plus loin la gare Matabiau. Ils sont six, vêtus de noir, sac à dos, Doc Martens aux pieds, le crâne rasé, des chaînes accrochées à leurs piercings, une canette de 8°6 à la main gauche, une torche éteinte à la main droite, faite d'un bâton en bois et de tissu. Ils remontent le canal vers la gare. Ils ont l'air de chercher quelque chose de précis.

Sur les pentes herbeuses qui surplombent le canal, adossées aux platanes, quelques tentes Quechua sont accrochées. Huit en tout. Pas un bruit, pas une lumière. Tout le monde dort : il est quatre heures du matin. Les six approchent, ouvrent leurs sacs à dos, en sortent un bidon de plastique blanc, dévissent le bouchon et commencent à asperger le bas des tentes en passant. Quand ils ont fini ils reviennent en arrière tout en mettant le feu à l'essence avec leurs torches.

Puis ils vont s'accouder au pont Matabiau pour jouir du spectacle. En quelques secondes, des silhouettes en flammes jaillissent hors des tentes en hurlant et se mettent à courir. Certaines se jettent dans le canal. Les bruits s'arrêtent très vite : aucun des SDF n'a réussi à nager et à remonter sur la rive abrupte et glissante. Ceux qui n'ont pas osé se jeter à l'eau se sont effondrés sur l'herbe au bout de quelques mètres de course, brûlés vifs ou asphyxiés.

Alors les six poussent un hurlement de joie, ouvrent une autre canette de bière et trinquent à cet autodafé exécuté sans bavure. Les sous-hommes du bord du canal sont tous morts : ils étaient au moins deux par tente. Ils ont fait un bon chiffre cette nuit : seize au moins. Ils ont fait le ménage. La purification de la race par le feu.

Ils repartent en rigolant et descendent la rue Matabiau en direction du Monop' : ils n'ont plus de pain, de conserves et de bière. Ils fracturent la porte direct. Le vigile bondit hors des rayons et se précipite vers eux : il n'a pas d'arme à la main. Il prend un coup de couteau rapide comme l'éclair de gauche à droite qui lui tranche la jugulaire. Il n'a pas le temps de crier : sa gorge se met à gargouiller et il s'effondre.

Quand ils ont rempli leurs sacs à dos ils se dirigent vers la pharmacie située un peu plus loin sur l'autre trottoir : ils doivent aussi refaire le plein de benzodiazépines et de coupe-faim. Le rideau de fer est tiré, mais ils connaissent la petite porte de la réserve cachée dans la rue de derrière.

La nuit a été bonne pour eux. Ils peuvent remonter vers le Faubourg et continuer à boire jusqu'à tomber raides dans leur squat.

Certains hélicoptères qui harcèlent les cités la nuit venue ont subi des tirs d'armes automatiques, mais ils ont aussitôt répliqué en envoyant une roquette, et l'immeuble a été détruit.

Les bâtiments effondrés commencent à se répandre dans les rues. Certaines sont complètement obstruées par les décombres d'immeubles.

Toulouse ressemble de plus en plus à ces photos anciennes des villes du Liban, de Yougoslavie, d'Afghanistan, de Libye, d'Irak ou de Syrie.

Quand la guerre était loin d'ici, là-bas, chez les pauvres.

Quand j'étais gosse je pensais que la religion nous disait d'aider les autres, d'être fraternel avec eux, de partager, de les protéger, tous, quels qu'ils soient : jeunes, vieux, hommes, femmes, blancs, noirs, jaunes. Que toutes les religions délivraient ce même message, que les synagogues, les églises et les mosquées étaient des phares complémentaires qui veillaient sur la civilisation et qui éclairaient tous les peuples composant l'humanité. Que les livres sacrés, les prières et les rites, en hébreu, en grec, en latin ou en arabe, disaient tous la même chose : nous ne sommes pas des barbares, nous sommes humains. Pour moi, croire en un dieu, quel que soit son nom, c'était ça.

Alors je ne comprends plus. Aujourd'hui certains se sont mis à parler, toujours au nom de la religion, mais pour nous inciter à dénoncer, à critiquer, à attaquer, à imposer, à détruire, à éliminer tous ceux qui ne se réclament pas de leur conception de la religion et qui refusent de se soumettre à leurs injonctions : tous ceux qui n'ont

pas besoin de religion pour avoir
une morale, tous ceux qui restent
fidèles à une religion antérieure et
qu'ils appellent mécréants, et même
tous ceux qui à l'intérieur de leur
propre religion ne sont pas d'accord
avec leur conception guerrière et
totalitaire.

Ces gens-là veulent dominer,
obliger, unifier tout avec leur
rouleau compresseur, par la force
brute. Ils ont la haine contre tous
les autres.

Je ne comprends pas comment ils
osent encore se réclamer d'une
religion : la religion c'est
l'inverse de tout ça.

« Pourquoi ne voit-on jamais des intégristes juifs, bouddhistes, catholiques ou protestants qui tuent en France avec des bombes, des voitures piégées, des ceintures d'explosifs, des Kalachnikov ou des couteaux ? Pourquoi n'y a-t-il que des gens se réclamant de l'Islam pour faire des horreurs pareilles ?

C'est une religion maudite, Doc, une religion de mort ?

— D'autres religions ont massacré par le passé au nom du vrai dieu, du seul dieu. Les catholiques et les musulmans se sont entretués au Moyen-Age pendant les Croisades, du XI° au XIII° siècle, pour conquérir ou défendre Jérusalem. Les catholiques et les protestants se sont massacrés en France au XVI° siècle au nom du vrai christianisme. Les tribunaux de l'Inquisition catholique ont torturé et brûlé des milliers d'hérétiques du XIII° au XVIII° siècle. Un Juif fanatique a poignardé Spinoza en Hollande au XVII° siècle après qu'il ait été exclu de la communauté juive d'Amsterdam à cause de ses opinions philosophiques. Heureusement le coup n'avait fait que déchirer son manteau. Spinoza continua à porter ce manteau troué toute sa vie sans le réparer, pour que les gens se souviennent en le voyant. Plus récemment Yitzhak Rabin a été assassiné en 1995 par un extrémiste juif qui ne lui pardonnait pas d'avoir signé les accords d'Oslo avec Yasser Arafat.

Mais je crois qu'aujourd'hui la religion est l'arbre qui cache la forêt. Chez nous les violences ne viennent pas de religieux extrémistes spécialistes en théologie, mais de jeunes incultes qui aspiraient à devenir rapidement riches et respectés. Et qui ont cru que la voie de la délinquance était la plus facile et la plus rapide, parce que dans leur petit cerveau ils n'avaient ni les moyens ni l'envie de faire des études et d'apprendre un métier. Autour d'eux, certains de leurs frères, peu nombreux il est vrai, ont accepté le système scolaire, réussi des études longues et intégré des professions prestigieuses : regarde ta sœur, elle est née dans le même milieu qu'eux et tu me dis qu'elle est étudiante en maths à Paul-Sabatier. Incapables de les imiter, ils les ont moqués et méprisés. Et ils sont allés directement à l'argent facile, dès la fin de l'enfance, avec le commerce de la drogue et les petits vols. Dès qu'ils se font coincer par la police, ils ont la haine qui monte en eux contre cette société qui leur barre même cette voie. La prison les rend fous de rage. Quand ils en sortent, ils ont envie de tout faire péter. Le prétexte islamiste ne vient accessoirement qu'après. La haine contre la société française était là bien avant le prétexte religieux.

En ce qui concerne les causes je pense que c'est compliqué : il y a les origines, le milieu, la pauvreté, les conditions de vie, l'entraînement par les copains (surtout pour les garçons, parce que c'est viril de se moquer de l'école et de la culture, de défier les flics et d'adorer les armes). Mais il y a aussi les neurones et la bêtise. Ce dernier facteur en psychiatrie nous l'appelons psychopathie (sociopathie chez les Américains) : celui qui lorsqu'il n'obtient pas ce qu'il veut tout de suite n'a d'issue que de tout casser pour libérer sa rage, et de détruire ceux qu'il juge responsables de sa frustration. Et bien sûr il se trompe toujours de cible : au lieu de s'adresser aux vrais coupables, aux banquiers, aux bourgeois et aux politiques, il casse la gueule à l'employée de Pôle-Emploi ou de la Poste, à l'infirmière des urgences, il détruit les écoles, les MJC, brûle les voitures de ses voisins, caillasse les camions de pompiers qui viennent éteindre les incendies dans sa cité, il vole le médecin qui vient de soigner ses grand-parents, insulte ou tabasse le prof qui essaie de lui donner des outils pour sortir de sa bêtise.

Les vrais responsables de sa misère, les financiers, les traders planqués derrière leur ordinateur, les PDG, les technocrates de Paris, de Bruxelles ou d'Alger, il ne les connaît pas, il ne les a jamais vus et n'a jamais compris leur rôle. Ce sont eux en fait les plus gros délinquants, invisibles et intouchables, qui ponctionnent le fruit du travail des autres, qui achètent et qui vendent et qui en un clic affament des millions de travailleurs ou désertifient un pays.

Et à la limite, s'il savait et s'il pouvait, il aimerait bien être comme eux, rouler dans des limousines et marcher sur des tapis rouges. Tout ce qui brille le fascine. Alors s'il ne peut pas l'avoir, il préfère le détruire : c'est beaucoup plus rapide et facile que de construire.

A propos de religion je voudrais quand même te faire écouter ce qu'en pensait Gide. C'est un texte de 1935. Extrait des *Nouvelles Nourritures*. C'est pourquoi il s'adresse à un camarade et non plus à Nathanaël. »

« Camarade, ne crois à rien ; n'accepte rien sans preuve. N'a jamais rien prouvé le sang des martyrs. Il n'est pas religion si folle qui n'ait eu les siens et qui n'ait suscité des convictions ardentes. C'est au nom de la foi que l'on meurt ; et c'est au nom de la foi que l'on tue. L'appétit de savoir naît du doute. Cesse de croire et instruis-toi. L'on ne cherche jamais d'imposer qu'à défaut de preuves. Ne t'en laisse pas accroire. Ne te laisse pas imposer. »

Il est trois heures du matin. Un groupe de quatre hommes jeunes sort à pied du parking de la Place Occitane. Ils portent chacun un sac à dos, un fusil d'assaut à l'épaule et une cagoule. Ils marchent vite, en file indienne, en rasant les murs. Ils sont presque invisibles : aucun réverbère n'est allumé, aucune vitrine non plus. Ils ne s'arrêtent pas devant les magasins de la rue Saint-Jérôme. Ils n'ont pas l'air d'être intéressés. Ils stoppent à l'angle de la rue Saint-Antoine du T, jettent un regard de chaque côté : ces magasins-là ne les intéressent pas non plus. Ils s'engouffrent dans la rue du Lieutenant-Colonel Pélissier. En face des Galeries Lafayette ils s'arrêtent devant le porche de l'église Saint-Jérôme. Pendant que les trois premiers se plaquent dos au mur et braquent leurs fusils d'assaut vers les deux extrémités de la rue, le quatrième sort un pied-de-biche de son sac et s'attaque à la serrure. Elle cède très vite. Les deux premiers entrent dans l'église, se dirigent vers le chœur et jettent un cocktail Molotov sur le petit orgue. Puis ils redescendent vers le fond de la nef et en jettent un deuxième sur le grand orgue de tribune. Deux autres cocktails embrasent les rangées de bancs qui emplissent la nef. Les flammes commencent à s'élever vers la voûte. Les deux incendiaires rejoignent leurs deux camarades à l'extérieur. Ils filent à nouveau vers le parking, déposent leur matériel dans le coffre d'une Clio grise, et remontent vers l'appartement qu'ils occupent depuis trois mois place Occitane, au cinquième étage : c'est un pied-à-terre discret qui leur évite d'avoir à franchir les checkpoints qui interdisent l'entrée de la zone située entre le canal du Midi et la Garonne. Ils se terrent dans un lieu stratégique au centre de la ville. En plein cœur du quartier gaulois.

Opération symbolique aujourd'hui : brûler juste une église la nuit, à l'heure où elle est vide, pour marquer le territoire ennemi et humilier l'adversaire. C'est un peu décevant, mais c'est un bon entraînement. La prochaine fois ils viseront une église pleine à l'heure de la grand-messe, d'un mariage ou d'un enterrement. Là ce sera autrement jouissif.

Pour terminer cette nuit ils vont dormir à tour de rôle. Les deux dormeurs se couchent à même les matelas, sans leurs sacs de couchage qu'ils ont rangés dans un placard : il fait trop chaud. Les deux veilleurs s'installent à la cuisine, allument une bougie et sortent leur repas des étagères : conserves de raviolis et pain de mie. Ils font chauffer les deux boîtes dans une casserole d'eau et mangent directement dans la boîte : pas de vaisselle. Il leur reste encore des provisions pour plusieurs jours. Il faudra ensuite repérer une supérette dans le quartier et entrer par la porte de la réserve.

Ils sont autonomes, aucun contact avec leurs frères du Mirail et des Izards, plus de téléphone portable : trop facile à repérer. Ils observent juste par le balcon les flammes de Saint-Jérôme et les autres incendies plus lointains vers la rive gauche, et essaient de deviner où en sont les combats.

Ils sont contents de leur tactique : depuis trois mois les Gaulois n'ont pas réussi à les repérer, parce qu'ils ne sortent qu'à la nuit tombée et restent près de la place Occitane. Et qu'ils s'habillent à la gauloise : ils ont jeté les survêtements blancs, noirs ou bleus et les Nike, et se sont mis au jean, à la chemisette à carreaux et aux mocassins. Tenue de camouflage. Ils ont de faux papiers bien sûr, avec des noms français, italiens, espagnols ou portugais. La classe : ça tue !

« Depuis quelques mois je vois des flammes sur les toits de la ville toutes les nuits. Des gens mettent le feu volontairement à des magasins, des immeubles, des églises, des synagogues ou des mosquées. C'est quoi cette manie de mettre le feu ?

— Ce n'est pas nouveau. Autrefois il y avait chaque été les pyromanes qui mettaient le feu aux forêts, profitant de la sécheresse et du vent. Contempler une montagne entière en feu qui met en échec des armées de pompiers, ça doit être jouissif pour ces gens-là : ils doivent se sentir tout-puissants d'avoir déclenché seuls un immense brasier avec d'aussi faibles moyens.
Il y a eu ensuite des incendies volontaires dans de vieux immeubles ou des foyers-logements hébergeant des immigrés : les racistes aiment bien la purification par le feu, comme les membres du Ku Klux Klan aux USA.
Certains dictateurs mégalomanes ont été fascinés par les incendies : Néron a chanté et joué de la lyre en contemplant depuis le sommet du Quirinal le grand incendie de Rome en juillet 64, Hitler a fait brûler le Reichstag en février 1933 et voulait faire brûler Paris après le débarquement de juin 1944.
Depuis peu ce sont les édifices religieux qui sont la cible symbolique

des haines ethniques : le lieu de culte
est la marque sur le territoire de la
présence insupportable de l'autre, et
doit être effacé de la carte. »

La colline de Pech-David domine de son versant Est les quatre facs de Rangueil (sciences, médecine, pharmacie et dentaire) le lycée et le collège Bellevue et les hôpitaux Larrey et Rangueil. Plus tout le campus avec les écoles d'ingénieurs. De son versant Ouest elle surplombe la route de Lacroix-Falgarde, la Garonne et les quartiers Sud et Ouest de Toulouse.

C'est une oasis de verdure avec gazon et arbres. On y monte pour faire du jogging, pour se balader, pour regarder le coucher du soleil, pour pique-niquer autour des tables et des barbecues, pour fêter la fin de l'année universitaire, l'arrivée du Beaujolais nouveau, la fête de la musique ou le nouvel an. Les voyeurs y rodent souvent la nuit parce qu'ils savent que les étudiants, après avoir bu et fumé, s'envoient en l'air dans les sous-bois l'été ou dans les voitures garées sur les parkings l'hiver.

C'est un poste d'observation unique qui domine toute la ville. Une antenne de télécommunications la surplombe au-dessus du château d'eau.

L'armée s'y est installée dès le premier jour. Une section d'artilleurs a mis en batterie un véhicule lanceur de missiles sol/sol M 270 MLRS avec munitions de 277 mm. On dit missiles mais en fait ils n'ont pas de système de guidage : ce sont juste des roquettes plus puissantes. Des fantassins les secondent avec des lance-roquettes anti-chars classiques APILAS de 112 mm.

La zone couverte vise à protéger la Poudrerie (ancienne SNPE) et l'Oncopôle, et à surveiller les cités d'Empalot et du Mirail.

Une batterie de missiles sol/air ASTER 15 est positionnée à deux cents mètres au sud, pour intercepter tout avion ou missile qui se dirigerait vers la ville, vers Blagnac ou Francazal, ou vers d'autres zones stratégiques. La seule zone d'atterrissage autorisée pour l'aviation civile est l'ancien aérodrome de Montaudran dont la piste a été restaurée.

Le sergent Keller est responsable de la section d'artilleurs. Il n'aime pas trop avoir sa batterie de missiles pointée sur des cibles civiles. C'est nouveau, et il n'a toujours pas réussi à l'intégrer. Quand il s'est engagé dans l'armée c'était pour défendre la patrie contre des puissances étrangères menaçantes : la Russie, l'Iran, la Corée du Nord et leur arsenal nucléaire. Peu à peu on lui a expliqué que les ennemis de la France étaient aussi parmi nous, ici, une sorte de cinquième colonne, facile à identifier : les Salafistes et leurs frères, et donc par extension les musulmans et les arabes, toujours suspects de complicité. Des Français donc, installés ici depuis longtemps. Et que si on voulait les mettre hors d'état de nuire il fallait ratisser large sans avoir peur de faire de bavure. C'est ça le changement de logiciel : si tu attends d'avoir la preuve juridique que le mec en face est vraiment un ennemi, tu es mort. Alors tue-le avant. C'est le principe de précaution. Le sergent Keller est alsacien. Il vient d'une famille de militaires gaullistes de gauche et a été formé dans le respect absolu de l'Etat de Droit. Mais quand le donneur d'ordres, le politique, décide qu'il y a urgence a oublier l'Etat de Droit, il est un peu perdu.

Son capitaine, Pellizzari, est obligé de lui rappeler tous les lundis matin, lors du briefing des officiers et sous-officiers de la compagnie, que nous sommes bien en guerre, mais dans une guerre civile, ce qui est une situation inédite, et que tout ce qu'on lui a appris à l'école est obsolète : l'ennemi est partout, est n'importe qui, peut surgir de partout, l'ennemi n'a pas d'uniforme, pas de drapeau, et il ne connaît pas la Convention de Genève. L'ennemi tue par tous les moyens, couteau, revolver, fusil d'assaut, cocktail Molotov, bombe artisanale, roquette, missile. Il ne fait pas de prisonniers. Et il cherche à tuer n'importe qui, pas seulement des militaires.

Alors on a intérêt à se bouger le cul et à oublier nos vieux principes : il faut inventer très vite la nouvelle guerre, parce que ce coup-ci, ils ne veulent pas simplement nous envahir, ils veulent nous détruire.

Le capitaine Pellizzari sait tout ça : ses ancêtres étaient pieds-noirs.

Le sergent Keller a du mal avec le capitaine Pellizzari.

« Doc, pourquoi la guerre c'est toujours les hommes qui la font ? Jamais les femmes ?

— Et encore, pour être plus précis il convient de dire que ce sont les hommes très jeunes qui la font, de quinze à trente ans surtout, et que ce sont les hommes plus vieux, parfois très vieux qui la commanditent et la dirigent, c'est-à-dire qui envoient les précédents se faire massacrer. Les hommes très jeunes ont beaucoup de testostérone, d'agressivité à dépenser, il suffit de leur trouver un adversaire : sur le terrain de sport ou sur le ring. Souvent c'est un très proche, le voisin de palier, le rival de l'autre bande ; sinon il y a l'ennemi extérieur, le prof, le flic, le pompier, le vigile. Ce jeune-là il a toujours envie d'en découdre pour humilier l'adversaire et lui prouver qu'il est le plus fort, qu'il est le boss, le caïd, celui qui fait ce qu'il veut, qui se moque des règles, à qui on ne peut rien imposer et qui transforme les autres en larbins soumis ou en spectateurs impuissants à réagir et détournant le regard. Parce que si tu soutiens son regard c'est considéré comme un défi ou une agression et il te fonce dessus pour te punir et t'anéantir.

Souvent il a la haine parce qu'il se rend bien compte que dans cette société avec ces principes-là il n'arrivera à rien, sauf, tôt ou tard, à la prison ou à la mort. Alors ça décuple son agressivité, surtout lors du premier passage en prison, quand on lui montre qui est vraiment le plus fort. La prison ça ne guérit pas la haine, ça la fait flamber.

Ça c'est surtout les garçons, à quatre-vingt dix pour cent. Les filles avec une telle agressivité c'est beaucoup plus rare. Il n'y en a que deux mille cinq cents en prison, contre soixante dix huit mille hommes. L'entourage ne les pousse pas dans cette direction, pas autant que les garçons. On le voit dès l'école, où elles acceptent mieux les normes, le travail, les contraintes, la discipline. On le voit ensuite sur le marché du travail où elles se débrouillent mieux pour s'insérer parce qu'elles sont moins dans l'arrogance et la provocation. Elles sont moins psychopathes, n'ont pas à se prouver constamment leur virilité face à un chef ou un patron.

Les garçons ont été préparés à faire la guerre avec tous les jeux vidéo dont leur cerveau a été abreuvé pendant des années : ils se sont entraînés à viser et exploser des cibles à longueur de journée, des monstres, des extra-terrestres, des mutants, des gangs d'envahisseurs barbares. Alors après ces années d'entraînement virtuel, donner à un garçon une Kalachnikov et lui dire qu'il doit s'en servir pour détruire réellement un ennemi de son groupe, un Gaulois, un Chrétien, un Juif, ou un traître à son groupe, un Chiite ou un Sunnite, c'est donner un label enthousiasmant à son agressivité, un permis de tuer, un devoir de tuer pour de vrai. Enfin. Les candidats au sacrifice suprême qui va les transformer en héros se bousculent tout de suite. Ils vont laver comme ça toutes les humiliations dont ils pensent avoir été victimes. Ils vont même prétendre venger leurs grand-parents et leurs arrière-grand-parents exploités et humiliés par les colons. Et se venger des Gaulois qui les empêchent de faire du bizness, les pourchassent et les jettent en prison.

— C'est comme les noirs aux USA ?

-- Oui, sauf que là-bas s'est constituée une bourgeoisie noire parfaitement intégrée, qui partage les valeurs communes de la classe dominante: la réussite universitaire, professionnelle, financière, sociale, et les métiers prestigieux. Ceux dont on parle à la télé sont les pauvres gosses des ghettos, déscolarisés, drogués, enrôlés dans les gangs, qui se flinguent entre eux ou sont flingués par les flics.

— Sauf qu'ici ils se réclament d'Allah et de la guerre sainte …

— Ici ils ont trouvé une idéologie qui justifie les actes de revanche barbare, toute simple et toute faite : croyants/mécréants. Elle permet de ratisser large, au-delà des différences ethniques : arabes, noirs, blancs convertis à l'islam … Tous unis contre les juifs et les chrétiens.

— Est-ce que ce n'est pas juste un manque d'éducation ?

— Aussi, mais il est impossible d'imposer l'éducation quand il y a en face un rejet par principe de toute forme d'apprentissage, de règle, d'effort. Quand il y a en face un système de valeurs déjà constitué : se débrouiller pour gagner du fric par tous les moyens et ne pas perdre de temps à l'école, vu que de toute façon, même si tu as un diplôme, tu ne trouveras pas de travail, parce que tu viens du ghetto. Tu es un mec, et tu as raison parce que tu as la force et la gueule. Tu vas pas te laisser endormir par tous ces bâtards !

— C'est juste une petite minorité ça !

— Oui, mais elle suffit à pourrir la vie dans certaines écoles, collèges et lycées, et dans la plupart des cités. A empêcher les gens d'étudier, de travailler et de vivre tranquillement. Leur capacité de nuisance ne tient pas à leur nombre.

Dès qu'il y a une grande misère sociale, quelque part dans le monde, apparaît spontanément une petite frange de délinquants profiteurs qui se croient plus malins que les autres et qui vont essayer de faire du fric sur la misère. Dès qu'il y a une guerre, un exode, tu les vois surgir dans les camps de réfugiés pour organiser le racket, contrôler les vivres, promettre un voyage vers la terre promise (ce sont les passeurs), trouver du travail grâce à leur réseau (ce sont les proxénètes). Il s'est passé la même chose dans nos cités : ils ont fait miroiter aux ados l'argent facile du trafic de drogue, tout en méprisant les anciens qui avaient toujours cherché à gagner leur vie honnêtement, dans le salariat ou le petit commerce.

Et dis-toi qu'il n'y a pas de fatalité sociale ou économique. Tu vois bien que ta sœur n'est pas tombée là-dedans, et que toi aussi tu as su distinguer très tôt les miroirs aux alouettes et le plus intéressant : les livres.

— On avait peut-être plus de neurones au départ …

— Tu sais, les neurones on en a tous le même stock à la naissance. Mais beaucoup de gens ne s'en servent pas trop, ou mal, ou pour des objectifs dévoyés comme gagner de l'argent, arriver au pouvoir ou combattre des ennemis imaginaires.

— Doc, j'ai remarqué que les hommes poussent à la guerre et que les femmes sont contre la violence. Comment ça se fait ?

— Il ne faut pas généraliser. Certaines femmes, parfois très jeunes, ont la haine contre la France et poussent les hommes à la violence ou l'exercent elles-mêmes. Elles sont de plus en plus nombreuses à partir à l'étranger pour se préparer à faire la guerre ou à vouloir la faire ici avec les moyens du bord. Elles sont persuadées d'être opprimées par un Etat raciste qui domine les musulmans et les humilie. Elles ne se rendent pas compte que c'est le discours téléguidé de riches puissances étrangères qui veulent semer la zizanie entre nous et nous pousser à la guerre civile.

— C'est des jeunes folles ça, des psychopathes, j'en ai rencontré parfois. Mais les femmes adultes qui ont des enfants elles peuvent pas être pour la guerre.

— Les mères, elles en ont marre de faire des gosses que les hommes viennent ensuite leur voler. Elles voient leurs filles partir pour être mariées de force à de vieux riches. Elles voient leurs fils embrigadés par les caïds, fuir l'école et se jeter dans la drogue, le trafic et les braquages. Elles les voient au tribunal, au parloir de la prison. Un jour ils disparaissent et elles apprennent par la télé qu'ils étaient partis à l'étranger se préparer au Djihad. Quelques mois plus tard on leur rend le cadavre troué de balles de leur fils, et les hommes sont fiers : il est mort en héros, en homme d'honneur. Le discours de la guerre c'est quand même essentiellement le discours de l'homme : le phallus des fusils et des canons, la connerie de l'honneur bafoué à venger dans le sang, la glorification posthume des martyrs. Et pendant ce temps les femmes accouchent, nourrissent les enfants et les élèvent, sous les bombes, et vont chercher de l'eau, et font la cuisine et pansent les plaies. C'est ça l'ordre normal des choses ? C'est même pas le Moyen-Age, c'est la Préhistoire !

Alors les mères tu les vois parfois manifester contre toute cette folie guerrière imposée par les hommes. En Argentine, en Irlande, en Espagne, au Liban, en Israël, en Jordanie, main dans la main avec les mères de l'autre bord.

Si les femmes prenaient le pouvoir politique il n'y aurait plus de guerre, ni économique, ni militaire.

— Il faut que je dise tout ça à ma mère, et que je la persuade d'aller voter contre tous ces gens-là. Elle dit que ça sert à rien, mais en fait je crois qu'elle a peur, parce que les élections c'est aussi tenu par les hommes.

Regardez Doc, j'ai photographié un mur criblé de balles à Saint-Cyprien. »

Les kalachs caquètent comme des
machines à écrire
et tapent leurs points de
suspension
qui se répondent d'un mur à
l'autre.
Qui mettra le point final ?

J'ai peur partout, dans la cité et au centre-ville. Je ne vais même plus m'asseoir sur l'herbe au-dessus du lac de La Reynerie pour regarder le coucher de soleil. J'ai peur qu'on vienne me dépouiller, me tabasser ou me tuer, juste comme ça, pour le plaisir.

Je n'arrive plus à dormir depuis trois jours, parce que mon copain Adel s'est fait flinguer par des dealers juste sous mes yeux quand il sortait de la boulangerie de la place Abbal. Le caïd de La Reynerie, qu'il connaissait depuis son enfance, n'a pas hésité à le faire éliminer parce qu'il revendait à des copains le peu de shit qu'il achetait ailleurs. Un scooter s'est arrêté devant la boulangerie, et le passager l'a abattu de deux balles dans la tête. Il était à deux mètres devant moi.

Et Karim, un autre copain, s'est fait descendre par la milice parce qu'il a essayé de contourner à scooter le checkpoint du métro Basso-Cambo.

Qu'est-ce que je peux faire, moi tout seul, pour que cette folie s'arrête ?

Je suis sûr que des tas de gens pensent comme moi, mais comment les contacter, comment organiser entre nous la résistance ?

Il est midi. L'équipe de jour qui contrôle le checkpoint installé à la sortie de Bagatelle, au débouché de la rue Vestrepain sur l'avenue du Corps-Franc Pommiès, a été allégée : les 3/4 des CRS sont installés dans les camions pour manger leur plateau-repas. C'est le moment où le barrage qui ferme la sortie de la cité est le plus fragile.

Ils le savent. Ils ont observé tous ces va-et-vient à la jumelle depuis le toit de leur immeuble, rue du Cher. La garde n'est plus aléatoire et variable comme les premiers jours. Elle est présente avec une grande régularité, et surtout, comme il n'y a pas eu de gros incident, elle a été allégée.

Ils sont quatre. Quatre copains nés ici qui se connaissent depuis la maternelle. Ils ont tenu jusqu'au collège puis se sont surtout intéressés à la musique, pour les paroles. Le rap a été leur exutoire. Ils ont écrit ensemble des flots de mots pour évacuer la colère contre la misère et l'injustice, contre les immeubles pourris, pour cracher la haine de tous les uniformes qui font des descentes dans leur ghetto pour fouiller les apparts et les caves, pour arrêter les suspects qu'ils ont filmés lors des affrontements. Ça a duré des années, depuis 1995, avec des accalmies et des explosions, quand un gosse à scooter se tuait

en essayant d'échapper à une voiture de flics
ou quand un autre avait un œil arraché par un
flash-ball.

Et puis il y a eu cette élection des Gaulois
en mai dernier, et très vite ça a pété de partout.
Les voitures et les commissariats ont
commencé à brûler dès le soir de l'élection.
Jusqu'à cette nuit de juillet où la cité a été
encerclée par l'armée, toutes les issues vers la
ville bloquées par les blindés. Obligation de
faire la queue au checkpoint, comme en Israël,
pour sortir à pied après avoir été contrôlé,
photographié, fouillé. Pareil pour entrer.
Toutes les voitures et les scooters interdits de
passage. Un vrai coup d'Etat. Illégal. Etat de
siège. En fait un acte de guerre contre les
pauvres, les cités, les musulmans, pour les
forcer à partir.

Alors les quatre ont décidé de répliquer
sur le même mode, par la violence. Légitime
défense. Pour forcer le siège et montrer à ces
bâtards venus de la ville qu'ils étaient chez
eux ici et que Bagatelle ne se soumettrait
jamais. Les fachos comptaient les traiter
comme des rats pris au piège, alors ils allaient
payer, très cher.

Les quatre ont un gros Mitsubishi Pickup
L 200 Appalaches pour transporter leur matos
dans les concerts. Ils l'ont transformé en

véhicule d'assaut, avec pare-buffle, arceaux de sécurité, barre de projecteurs sur le toit, et stock d'armes, de munitions et d'explosifs dans le double fond du plateau arrière. Une vraie bête de guerre. Le matos pour les concerts ils l'ont stocké dans l'appart et dans la cave. Ils ne l'ont pas sorti depuis longtemps. Le temps n'est plus aux concerts.

Ils se sont préparés toute la nuit. Les kalachs sont graissées, les chargeurs remplis, les valises en plastique pleines de clous et de boulons, les poches de TATP attachées dessus par des sangles avec leurs détonateurs reliés à un portable. Ils ont fabriqué tout ça eux-mêmes, guidés par un copain revenu de Syrie, Abu Hassan El Tolosi : ils se sont procuré facilement acétone, eau oxygénée et acide sulfurique, et il leur a montré comment fabriquer la poudre miracle, « la mère de Satan ». Ils sont fiers de leur boulot : sans bavure.

Ils vont aller garer le pickup près du commissariat central, boulevard de l'Embouchure, et déclencher à distance avec leur portable. Ils vont niquer un des cœurs du système. On parlera d'eux partout.

Reste à contourner le checkpoint. C'est une simple chicane avec deux barrières métalliques légères. Le pare-buffle suffira à les exploser ainsi que les trois CRS qui contrôlent les piétons.

Younès s'installe au volant, fait chauffer, accélère et tourne au coin de la rue du Cher en faisant crier les pneus : il aime bien s'annoncer comme ça, avec un dérapage contrôlé et un peu de fumée, c'est son petit plaisir. La chicane est à trente mètres. Il enfonce l'accélérateur. Les CRS pointent leur pistolet mitrailleur HKG 36. Trop tard : le pare-buffle est sur eux. Les barrières volent. Le Mitsubishi traverse tout. Les quatre hurlent de joie : ils ont tout niqué !

Merde c'est quoi ces trucs ronds par terre ? Une rangée de mines ! Les enfoirés ! Elles n'y étaient pas hier, ils les ont placées cette nuit. Trop tard pour freiner. Ils sont dessus. La roue droite roule sur l'une d'elles. Le pickup s'envole dans un fracas assourdissant en deux temps — explosion de la mine puis des valises —  et va terminer sa course contre un camion de CRS qui explose à son tour pour parachever le feu d'artifice. Repas interrompu.

Quatre à six.

« Doc, j'ai l'impression qu'aujourd'hui tout le monde se traite de raciste. On parle de racisme anti-noirs, anti-beurs, anti-jaunes, anti-blancs. J'y comprends plus rien. Je suis peut-être raciste moi aussi dans le fond, sans le savoir.

— Il est vrai que si, en tant que personne intelligente et cultivée, tu affiches ton mépris pour les incultes et les débiles en manque de neurones, si tu te sens en quelque sorte d'une autre race, supérieure, alors oui ! C'est la forme de racisme des intellectuels. Une sorte de racisme, pour être plus exact.

Il y a en France plusieurs sortes de racismes. D'abord le racisme colonial à l'égard des Africains et des Maghrébins. La condescendance, le mépris plus ou moins poli à l'égard d'une « race » inférieure qui depuis la décolonisation n'a pas réussi à faire avancer son économie et sa culture et qui au contraire a laissé se dégrader les capacités de son pays. Comme si les autochtones livrés à eux-mêmes étaient incapables de se développer et de se lancer dans le mouvement du « progrès ». Ce racisme-là, présent depuis de nombreuses années, a trouvé dans la montée de l'Islam intégriste un nouvel argument : tout ce qu'ils ont trouvé comme innovation c'est une régression au Moyen-Age ! Tout ça c'est le racisme du mépris.

Mais, depuis les attaques terroristes perpétrées au nom de l'Islam, est apparue une nouvelle forme: le racisme agressif et haineux, un racisme de guerre en réaction à la menace. Il ne s'agit plus de regarder l'autre de haut avec mépris, mais de l'éliminer ou au moins de l'expulser : qu'il disparaisse de notre vue, et qu'on se retrouve entre nous. C'est là-dessus que le Parti Gaulois s'est appuyé pour accéder au pouvoir. C'est ce qui se passe en ce moment : expulser l'autre, le supprimer, l'effacer.

— Moi je reconnais qu'à l'égard des débiles violents de tout bord (les dealers, les islamistes, les skins et les milices gauloises) j'ai la même réaction de rejet et de haine, et je les méprise comme s'ils ne faisaient presque pas partie de l'humanité. C'est bien ce qu'ils me font eux-mêmes.

Alors j'ai bien peur d'être raciste moi aussi, Doc.

— Si tu veux. Mais pour la bonne cause.

— Regardez Doc, j'ai réussi à photographier un drone qui passait au-dessus de ma rue. »

Le drone silencieux glisse sur la
rue,
son œil rond se tourne vers moi

Le dimanche matin des petits cultivateurs, souvent très âgés, s'installent dès sept heures autour de l'église Saint-Aubin. Ils étalent leurs quelques légumes, fruits ou fromages, parfois à même le sol. Tout ça n'est pas calibré, les fruits ont des défauts, les légumes des traces de terre, les fromages ne sont pas approuvés par Bruxelles. Quelques éleveurs empilent leurs cages en bois pleines de lapins, poules, canards ou pintades. Ils apportent avec eux les bruits et les odeurs de la ferme. Des artisans d'art exposent leurs bijoux, objets en bois ou en métal. Des bouquinistes ont aligné les livres de poche datant du XX° siècle ; certains ont des raretés politiques datant de la période hippie, des manuels de vie sauvage, de construction en bois, de culture sans engrais chimiques, de potagers aux semences traditionnelles, des reliques d'un temps où le libéralisme mondialisé n'avait pas tout étouffé sous son rouleau compresseur, d'un temps où certains imaginaient encore des alternatives, d'un temps où certains ne regardaient jamais la télé.

Sur ce marché se sont repliés beaucoup de marchands qui étaient autrefois installés sur le marché aux puces de Saint-Sernin, les bouquinistes surtout. Les deux places avec leurs églises respectives attirent maintenant des populations très différentes : Saint-Sernin c'est très arabe, Saint-Aubin c'est plutôt gaulois.

Depuis le mois de mai, Saint-Sernin s'est pratiquement vidé de ses marchands et surtout de ses clients : le marché est en zone gauloise et les camions des commerçants arabes ne peuvent plus franchir les checkpoints. Ils ont dû se contenter des marchés intérieurs aux cités. Les clients hésitent à faire des kilomètres à pied pour atteindre le centre-ville et surtout pour revenir chargés de courses.

Ce matin le porche de l'église Saint-Aubin est grand ouvert et on entend la grand-messe qui est en train de s'achever dans des accords solennels d'orgue : une musique puissante, dynamique et victorieuse, insolite au milieu du silence craintif de la ville.

Autour du marché les gens semblent plus détendus, plus gais, ils plaisantent même avec les marchands. Le soleil de cette matinée de juillet a réussi à leur faire oublier un peu leurs soucis. La place est comme une oasis de paix au milieu des décombres et des ordures de la ville. Des mamans avancent précédées de leur poussette, des papas suivent, leur enfant tout fier juché sur leurs épaules. Des mamies et des papis se sont aventurés jusqu'ici : c'est leur seule sortie de la semaine, celle qui leur rappelle le bon vieux temps. Ils ont presque l'impression que rien n'a changé, que leur ville est toujours la même. Certains marchands leur lancent en riant quelques mots en occitan : des blagues sur l'argent, l'âge, le temps qui passe, les hommes et les femmes... Des survivants.

L'orgue s'est arrêté, les fidèles commencent à sortir et à se mêler aux promeneurs et aux clients. Certains sont endimanchés comme on faisait autrefois pour aller à la messe. Ils sont tout fiers d'avoir sorti leurs robes à fleurs, leurs costumes et leurs cravates.

Soudain les gens s'arrêtent et tendent l'oreille : un bruit de moteur lancé à plein régime approche par le bord du canal en provenance du Port Saint-Sauveur. Il fonce sur le boulevard Riquet et oblique brusquement vers la place Saint-Aubin. C'est un pickup blanc. Un Toyota Hilux double cabine, surélevé, aux pneus surdimensionnés. Il entre violemment dans le marché en poussant les gens avec son pare-buffle. Une mitrailleuse lourde KPV est fixée sur le plateau arrière, et un tireur arrose tout autour de lui. Trois autres tireurs armés de Kalachnikov sont installés aux fenêtres du véhicule pour compléter le travail. Le pickup fait le tour de la place en trombe, en roulant sur les corps qu'il renverse pendant que les rafales perforent les poitrines et explosent les têtes. Les gens hurlent, courent, se bousculent, puis s'effondrent en tas. Les étals s'écroulent, les fruits tombent, explosent au milieu des corps. Le sang gicle des poitrines. Le sang est partout.

Les tireurs ont fini le tour de la place en deux minutes. Le pickup s'échappe par la rue de la Colombette, remonte l'avenue de la Gloire et fonce direction Soupetard.

Le marché gaulois n'est plus qu'un monceau de cadavres : 200 à 300 morts. Bilan provisoire.

Quelques blessés tentent de se traîner par dessus les corps. Ils ne gémissent même plus. Quelques enfants restent assis au milieu des cadavres, sidérés, le regard vide, se balançant d'avant en arrière. Ils ne pleurent même pas. Le silence est retombé sur la place.

Je suis passé sur la place Saint-Aubin lundi matin et j'ai vu ce qu'il restait du carnage : les étals explosés, les taches de sang sur le bitume, les douilles au sol, un vrai champ de bataille. Sauf que les victimes n'étaient pas des combattants armés : c'étaient des familles qui venaient comme tous les dimanches faire leurs courses sur ce marché paysan. Sans le savoir, ce jour-là ils constituaient la cible : des Gaulois autour d'une église qui font tranquillement leur marché.

Ce marché j'y allais autrefois. J'aimais bien l'ambiance joyeuse et fraternelle, les vieux et les jeunes rassemblés et se parlant dans les sourires, les bouquinistes qui prenaient le temps de me raconter l'histoire d'un vieux livre écrit par un Catalan à l'époque de Franco ou par un Algérien pendant la guerre d'indépendance.

Dimanche, des gens inoffensifs ont payé de leur vie parce qu'ils étaient des habitants du centre-ville, qu'ils venaient avec leurs enfants profiter du soleil en goûtant aux couleurs et aux odeurs, ou qu'ils sortaient de la messe.

Pour les autres, c'étaient juste
des kouffar.

« J'ai eu honte d'être musulman quand on m'a raconté les tueries de 2012 à Montauban et Toulouse, de 2015 à Charlie Hebdo et au Bataclan et de 2016 à Nice. Et toutes les autres depuis : de militaires, de policiers, de prêtres, de rabbins, et de gens pris au hasard dans les aéroports, dans les stades, dans les marchés ou dans la rue.

Mais je ne veux pas pour autant abandonner mes frères : ils ne sont pas tous comme ça, fous et méchants. Je ne veux pas les trahir et les mettre tous dans le même sac.

Pourtant ils me disent que si j'aime l'école, les livres et la langue française, c'est que je les trahis déjà.

J'aimerais que mes sœurs et mes cousines sortent sans foulard, parce qu'elles ont de très beaux cheveux. Mais elles ne veulent pas, parce qu'alors les garçons les traiteraient de putes.

J'aimerais qu'elles portent des jeans moulants en hiver et des shorts en été, parce que c'est joli et qu'elles ont des jambes de gazelle magnifiques. Mais elles les cachent toujours aux yeux des hommes. Depuis la puberté elles ont l'impression d'être du gibier dès qu'elles sortent dans la rue, ou de la viande de boucherie. Depuis les trottoirs, les hommes contrôlent l'espace public et les interpellent. C'est ce qu'elles me disent.

Le paradoxe c'est qu'en cachant leur corps pour se protéger des agressions verbales, elles entrent dans le jeu des petits machos et se plient à leur loi. C'est ce qui fait leur force.

J'ai peur du nouvel imam barbu qui veut m'obliger à lire le Coran et à parler l'Arabe, et qui n'aime pas les livres que me prête ma prof de Français. Je sens qu'il a la haine contre ce pays qui l'a accueilli et qui lui permet de prêcher.

— En fait il est venu pour ça, pour répandre sa haine. La religion n'est ici qu'un prétexte idéologique qui vise à prendre le pouvoir (et l'argent qui va avec) et à l'asseoir en imposant un nouveau mode de vie aux gens, contraire à tout ce qu'ils faisaient jusqu'ici spontanément.

Tu n'as qu'à regarder les photos des filles des années 60 en minijupes et cheveux au vent dans les rues, en Iran, au Liban, en Tunisie, en Turquie… ou en bikini sur les plages de la Méditerranée : elles étaient identiques aux européennes.

Toute cette obligation nouvelle de voiler, de dissimuler le corps et le visage de la femme est venue d'Arabie Saoudite, d'Iran et d'Afghanistan, pour des raisons politiques : ce sont des peuples dirigés par une caste médiévale, patriarcale et machiste pour laquelle les femmes (car ils sont bien sûr polygames) sont une propriété privée, une richesse qu'il faut enfermer et cacher contre les convoitises des autres hommes, plus jeunes pour la plupart, et frustrés sexuellement, car trop pauvres pour s'acheter une femme.

Autrefois les seuls peuples qui se voilaient la face, les hommes surtout d'ailleurs, plus que les femmes, étaient les peuples du désert, les Touaregs, qui enroulaient leur chèche ou tagelmust autour de leur visage pour se protéger du vent de sable, et pas du tout pour des raisons de pudeur ou de religion.

— J'ai l'impression que l'islam est quand même la seule religion qui reprend des forces et de l'influence en ce moment. En France en tout cas.

— Détrompe-toi, certaines formes extrêmes de judaïsme, de catholicisme et de protestantisme ont aussi le vent en poupe. Les Américains mettent Dieu partout, et pas seulement à la fin des discours politiques : Dieu est contre la contraception et l'avortement, contre le mariage homosexuel, contre les Palestiniens en Israël, contre les noirs et les Mexicains aux USA. Cette forme dévoyée de religion se prête à justifier les pires ignominies, puisque Dieu le veut. Dieu bénit toujours les armées qui partent, sous prétexte de faire la guerre sainte, conquérir des territoires. »

Mon corps me pèse,
je m'en libère
comme le serpent
de sa vieille peau transparente

La première nuit où les hélicoptères ont commencé à tourner avec leurs projecteurs au-dessus des toits de la cité, j'étais chez ma mère et personne n'a dormi. Tout le monde s'est planqué sous les lits, sauf certains qui essayaient de voir dans un coin de fenêtre derrière les rideaux.

Puis il y a eu des bruits énormes et des vibrations dans les rues qui ébranlaient tous les immeubles.

Au matin on s'est aperçu que toutes les sorties de la cité étaient barrées par des chars d'assaut et des blindés légers.

Aucune voiture ne pouvait sortir ou entrer, les motos ou les scooters non plus.

Les piétons devaient faire la queue pour entrer ou sortir, présenter une carte d'identité et un papier officiel avec leur adresse, et étaient fouillés à chaque fois.

Tous ceux qui n'avaient pas ces papiers étaient arrêtés et expédiés on ne sait où.

Tous ceux qui ont essayé de contourner le checkpoint en voiture, en scooter ou en courant ont été abattus sur place.

Les militaires et les policiers tenaient les checkpoints, les milices gauloises se chargeaient d'abattre tous les fuyards.

Samedi matin. Les familles juives se pressent à pied vers la synagogue de la rue Riquet pour la cérémonie de Shabbat. Les anciens ont leur chapeau noir à large bord et leurs redingotes. Les jeunes ont mis leur kippa et leur chemise blanche. Les femmes ont revêtu leur plus belle robe. Beaucoup ici sont séfarades. Ils ont le teint sombre et les cheveux noirs bouclés. Beaucoup viennent d'Afrique du Nord et sont arrivés à Toulouse dans les années 60. Quand ils ne portent pas leur tenue de Shabbat on a du mal à les distinguer physiquement des Arabes. Ce sont tous des cousins venus du Maghreb. Les uns pour fuir la persécution, les autres pour fuir la misère. Ils sont ennemis pourtant à présent.

Ce matin Youssef a fixé sa ceinture d'explosifs à l'intérieur du haut de son pantalon. Il a refermé sa chemise blanche et sa veste noire par dessus, a coiffé sa kippa, est descendu de son appartement à l'angle du boulevard de Strasbourg et des allées Jean-Jaurès, et a emboîté le pas aux petits groupes qui remontent la rue Gabriel-Péri vers la rue Riquet. Sa bouche est sèche, ses lèvres sont collées, son cœur bat à 120. Il marche parmi ses ennemis et s'est déguisé comme eux.

Des hommes en armes filtrent l'entrée de la synagogue et examinent attentivement les arrivants. Il croise leur regard sans ciller.

*« Naturel, normal, tu es comme un séfarade Youssef, tu te fonds dans la masse, tu passes inaperçu et tu entres à la synagogue le jour du Shabbat comme les autres. Tout va bien.*

*C'est bon, tu es passé.*

*Maintenant tu t'avances dans le parterre au milieu des hommes et tu vas t'installer au centre de la salle. Il ne te reste plus qu'à attendre les chants, la lecture de la Torah et la prière, et alors tu appuieras sur le détonateur placé dans la poche droite de ton pantalon.*

*Imagine : la plus grande synagogue de Toulouse, bondée aujourd'hui, pleine de kouffar. Un vrai carnage. Dans un quart d'heure tu seras un héros Youssef ! Ton nom et ta photo seront sur tous les écrans ! »*

La rue Riquet j'y étais déjà passé, mais j'avais jamais remarqué qu'il y avait là une synagogue.

Aujourd'hui on ne peut pas la rater : un monceau de décombres qui barrent la rue.

J'avais entendu parler des actes antisémites : la plupart du temps c'étaient des inscriptions injurieuses avec des croix gammées sur les murs des synagogues, ou des tombes profanées dans les cimetières. C'étaient des groupuscules nazis nostalgiques des chambres à gaz ou des petits cons inconscients qui s'ennuyaient le soir.

Les premiers assassinats de Juifs à Toulouse, après la seconde guerre mondiale, ont été ceux perpétrés par Mohamed Merah en 2012 devant l'école Ozar Hatorah. C'était horrible, mais jamais il n'y avait eu jusqu'ici un attentat kamikaze pendant un office religieux !

Je crois que la haine des Juifs était déjà là, comme une vieille réaction de rejet cachée, ou manifestée juste par quelques actes symboliques, injurieux ou méprisants. Aujourd'hui les barrières ont cédé

215

et la volonté de les exterminer réellement a ressurgi, comme en Allemagne dans les années 30.

J'ai des copains juifs au collège Bellevue. On s'entend bien : ils ont de l'humour, ils se moquent de tout, y compris d'eux-mêmes, et on rigole beaucoup. Ils ont leurs coutumes alimentaires et leurs jours de fête, mais au collège ils ne se distinguent pas des autres.

On discute parfois politique : ils ne sont pas toujours d'accord avec les gouvernements d'Israël qui sont de plus en plus religieux et d'extrême-droite, qui volent de la terre aux Palestiniens pour implanter des colonies malgré les résolutions de l'ONU, et qui ne veulent pas de deux Etats séparés. Je leur dis souvent qu'ils font aux Palestiniens ce que les nazis avaient fait à leurs ancêtres. Là ils me disent que j'exagère.

Ils me chambrent souvent : « *Si au moins tu étais un Arabe normal avec des cheveux noirs et le teint olivâtre, tu pourrais passer pour un Séfarade, mais là, avec ta peau blanche et tes cheveux rouquins, tu ressembles à rien ! Des fois on te*

*prend même pour un Ashkénaze, la
honte ! »*

« Doc, comment des jeunes garçons ou filles peuvent-ils se faire sauter avec une ceinture d'explosifs au milieu d'une foule ? Comment peuvent-ils sacrifier leur vie, se suicider, juste pour punir, non pas leur ennemi, mais des gens qui n'y sont pour rien ?

— Avant d'en venir là ils ont fait un long chemin. Ils ont rencontré une idéologie qui leur a donné des raisons de le faire, des justifications et des promesses. Ils ont fini par être persuadés que c'était pour eux la meilleure chose à faire, la seule chose vraiment utile et à leur portée.

— Mais dans leur tête ils n'é-taient pas un peu fous ou débiles quand même ?

— Certains étaient des jeunes fragiles et perdus, un peu limités intellectuellement et qui n'avaient aucun projet personnel ou social pour donner un sens à leur vie. Certains étaient déjà habitués à la violence et aux armes depuis la fin de leur enfance. Alors quand un prédicateur sur Internet leur a dit que même eux pouvaient avec peu de moyens faire de grandes choses, faire très mal à l'ennemi et contribuer à la victoire finale, ce discours a été une véritable révélation : il leur a ouvert une porte de salut. La mort n'était plus l'extinction d'une pauvre vie misérable, mais l'accès à une nouvelle vie de héros, grâce au sacrifice du martyr.

— C'est vrai pour certains petits losers. Mais tous ne sont pas comme ça.

— C'est vrai. Les attentats du 11 septembre 2001 sur les Twin Towers, par exemple, ont été organisés et réalisés par des saoudiens qui étaient ingénieurs ou scientifiques, des gens intelligents qui avaient une vie sociale normale en apparence : aucun signe extérieur de marginalisation ou de radicalisation. Là nous avons affaire à des intelligences convaincues de frapper l'ennemi majeur de leur peuple, de leur religion et de leur civilisation, et capables de se fondre dans la masse pour passer inaperçus, tout en préparant leur acte de guerre. Il s'agit d'une stratégie très rationnelle et froide visant à produire le plus de dégâts possibles. Et dans certains cas l'attentat-suicide est la seule méthode efficace possible pour les petits face à un ennemi trop puissant : armée d'occupation, Etat colonisateur, financier exploiteur, industriel destructeur …

-- C'est un suicide programmé, voulu et calculé alors. Ça ne relève pas de la psychiatrie dans ce cas ?

— On peut parler pour ces gens intelligents d'une organisation paranoïaque solide et rigide qui répond aux doutes éventuels par un discours de certitude que tout vient confirmer.

— On peut être intelligent et rationnel, et fou quand même ?

— Oui, tout à fait. Dans certains cas on peut même être très fou. On l'a bien vu avec Hitler et tous ceux qui ont organisé méthodiquement la solution finale. »

Dimanche matin dix heures. Les gens se pressent dans la rue de Metz en direction du Pont-Neuf, obliquent vers la rue des Couteliers et se dirigent vers l'église de La Dalbade. C'est l'église du quartier des Carmes, près de l'Institut Catholique et de l'école Saint-Thomas d'Aquin. Beaucoup de symboles. Les familles nombreuses bourgeoises catholiques ont revêtu leurs habits traditionnels du dimanche. Veste sport pour le père, tailleur Chanel pour la mère, soquettes blanches et jupe bleue plissée pour les filles, blazer bleu, bermuda et cravate à rayures pour les fils. Ils saluent les familles qu'ils connaissent et confirment la prochaine invitation pour un goûter d'anniversaire. Le prêtre les accueille sur le parvis et leur transmet ses encouragements à résister. C'est le mot qu'il emploie. Il ne dit pas à quoi ni à qui il faudrait résister : c'est sous-entendu. On est entre gens du même monde.

L'office commence. En latin : le nouveau prêtre est un militant pour la restauration des vraies valeurs catholiques, contre les évêques gauchistes et les papes laxistes sur la contraception, l'avortement, le divorce et le mariage gay. Il monte en chaire, commence par un discours apaisant sur la fraternité, le respect des autres et la paix. Puis continue en actant que de nos jours la situation a changé et que nous n'en sommes plus à tendre la main à tout le monde. *« Certains ont décidé de nous mener la guerre et de détruire notre religion et notre civilisation. Alors, «* celui qui manie le glaive périra par le glaive *». Désolé d'en arriver là, mais ils ne nous laissent pas le choix. »*

Le prêtre respire un grand coup après cette diatribe, descend de sa chaire et va préparer l'eucharistie. Quand tout le monde baisse la tête au moment de l'élévation, Marwan en profite pour se glisser hors du confessionnal : il y était entré hier soir pour éviter les contrôles du dimanche matin. Il laisse son sac à dos dans la partie centrale réservée au confesseur et referme la porte en évitant qu'elle grince. Il marche lentement vers la sortie puis se dirige tranquillement vers le Pont-Neuf en suivant le quai de Tounis. Arrivé au milieu du pont il sort son téléphone portable et appelle l'autre mobile qui est resté dans son sac à dos. Il se baisse derrière le parapet pour échapper au souffle de l'explosion et se bouche les oreilles, puis se relève pour contempler le spectacle. Un nuage de fumée a remplacé le clocher de La Dalbade.

Les catholiques, j'ai comme l'impression qu'il y en a de deux catégories.

Ceux qui défendent les pauvres, les opprimés, les réfugiés, les sans papiers, les minorités (gitans, roms, arabes, noirs, asiatiques, homosexuels), les droits des femmes (contraception, avortement), qui vont dans les manifs avec les anti-racistes, la gauche et l'extrême-gauche.

Et puis ceux qui prônent la charité personnelle tout en supprimant la solidarité sociale et la redistribution des bénéfices, ceux qui sont contre le mariage pour tous et les couples homosexuels, contre les manuels de SVT qui expliquent la sexualité, ceux qui vivent richement de leurs profits et qui vont le dimanche écouter entre eux leur messe en latin, tout en râlant contre le pape et les évêques qui sont trop à gauche. La messe pour eux c'est juste le cérémonial de reconnaissance de la vieille France aristocratique et bourgeoise, un rituel d'appartenance à un club très fermé qui défend bec et ongles ses privilèges.

La Grande Mosquée d'Empalot a ouvert toutes ses portes ce vendredi pour la cérémonie la plus importante de la semaine. Les fidèles arrivent à pied depuis les quartiers de l'Ouest après avoir traversé les checkpoints. Beaucoup ont revêtu leur djellaba blanche et coiffé la chéchia ajourée. C'est le grand jour. Ils enlèvent leurs babouches avant de faire les ablutions puis entrent en silence dans la grande salle aux tapis.

Ils sont venus pour prier ensemble en se tournant vers La Mecque, mais surtout pour écouter le prêche du nouvel imam. Le dernier a été tué par un drone : il ne plaisait pas aux nouveaux dirigeants.

Le nouvel imam a dû se plier aux nouvelles règles : il n'a pas pu arriver directement d'Arabie Saoudite, il a accepté un stage de formation organisé par le ministère de l'Intérieur, il a dû s'engager à prêcher en français et à ne pas attaquer la République qui lui donne le droit à la parole, à ne pas tenir de propos antisémites ou anti-femmes, à ne pas prôner la polygamie ou le terrorisme, à ne pas critiquer les lois votées par le Parlement sur le voile ou l'IVG. Il a tout signé.

Mais aujourd'hui la situation a changé :

*« Les Gaulois ont fait un coup d'Etat, ont attaqué les frères dans les prisons, les ont*

*enfermés dans leurs cités, leur coupent les vivres et leur interdisent tout pour les faire rentrer au pays de leurs ancêtres. »*

C'est la guerre, et tout ce qu'il avait signé ne tient plus.

*« La communauté musulmane est menacée de mort, elle a donc le droit de se défendre par tous les moyens. Les Gaulois nous ont déclaré la guerre, alors c'est pour tous les musulmans le devoir d'entrer en guerre sainte, le Djihad, le seul, le vrai. »*

L'imam reprend son souffle. Des murmures d'approbation s'élèvent de l'assistance. Les regards se croisent.

Et brusquement un bruit énorme, un choc terrifiant, la poussière envahit tout, les voûtes, les piliers et les murs s'effondrent sur la foule. Les hurlements emplissent la nuit qui est tombée sur les fidèles. Les blessés essaient de s'échapper en marchant sur les cadavres.

Ce qu'ils redoutaient tous est arrivé : un missile sol/sol parti de Pech-David a frappé la mosquée d'Empalot de plein fouet au moment où elle était bondée.

Deux à un.

Cette mosquée elle me faisait peur depuis que le nouvel imam était arrivé. Il faisait des prêches très politiques et surtout haineux à l'égard de tout le monde occidental moderne. Pour lui cette civilisation était maudite, elle avait tourné le dos aux valeurs édictées par le Prophète, et elle devait être rayée de la carte.

Mais pourquoi envoyer un missile pour tuer tous les fidèles rassemblés au moment de la grande prière ? C'étaient des victimes eux aussi, victimes des manipulations et de la propagande. Pourquoi n'avoir pas cherché plutôt à éliminer le prédicateur ? Un drone aurait suffi pour le cibler.

C'est injuste tout ça. C'est la guerre civile qui tue toujours des innocents.

« Doc, je comprends pas pourquoi les Gaulois ne m'aiment pas. Dès que je marche dans la rue vers le centre-ville je sens leurs regards qui me disent que je n'ai rien à faire ici, que ma place est dans les quartiers de l'Ouest ou du Nord, ou même plus loin, en Algérie, au bled. Qu'ici c'est chez eux, et qu'il n'y a plus de place chez eux pour les gens comme moi.

— C'est une vieille réaction de rejet qui date de la guerre d'Algérie. Tes ancêtres colonisés se sont réapproprié leur territoire, ont jeté dehors les colons français et se sont emparés de leurs biens après huit ans de guerre (de 1954 à 1962). Alors, quand par la suite tes grand-parents ont décidé de quitter l'Algérie et de venir ici pour vivre mieux, beaucoup de Français rapatriés ont eu très envie de leur appliquer la même méthode : « Depuis que tu nous a éjectés tu crèves de faim chez toi à cause de tes nouveaux maîtres, alors débrouille-toi avec eux, c'est ton problème. Tu es chez toi là-bas, on est chez nous ici. C'est ce que tu voulais, non ? Alors, dégage ! »

— Les pieds-noirs ont oublié très vite que leurs ancêtres au XIX° siècle ont envahi un pays étranger et se le sont approprié militairement, en volant leurs terres aux autochtones. Alors, c'est quand même gonflé de venir protester parce qu'ils se sont fait virer un siècle plus tard : ils avaient fini par se croire chez eux.

— Comme les Juifs autorisés à s'installer sur des terres palestiniennes au XX° siècle par la résolution 181 des Nations Unies qui décida un partage de la Palestine le 29 novembre 1947 (après la fin du mandat britannique) entre un Etat juif et un Etat arabe. Les deux guerres de 1967 et 1973 leur ayant ensuite permis d'accroître leur territoire en dépit des nouvelles résolutions des Nations Unies.

— C'est pas du tout pareil, Doc. Les Arabes qui sont venus en France à partir des années 60 n'étaient pas des colons : ils n'ont jamais volé de la terre en s'imposant par la force des armées d'occupation. C'étaient des pauvres gens qui venaient juste pour trouver du travail.

— Oui bien sûr, mais le racisme viscéral des pieds-noirs a diffusé peu à peu chez des gens qui au départ n'avaient aucun grief contre les Arabes. Surtout quand ces derniers sont devenus plus nombreux et plus visibles, quand la situation économique a changé, avec l'arrivée du chômage, et qu'on les a vus traîner dans les rues.

Quand leur afflux s'est amplifié avec le regroupement des familles, et que les vieilles cités HLM ont été saturées, ils ont été logés dans cette ville nouvelle du Mirail qui avait été conçue par Candilis. Ça devait être une merveille architecturale regroupant sur place logements, emplois, services publics, écoles, bibliothèques, offre culturelle, distractions, magasins, espaces verts, transports. Une architecture ouverte et conviviale, avec places et coursives, qui aurait dû favoriser les échanges.

Au lieu de quoi on y a progressivement entassé les nouveaux arrivants venus du Maghreb puis ceux de l'Afrique noire. Des populations très pauvres. Alors les autres sont partis. Quand les immeubles se sont dégradés on a rénové, mais on a réservé ces beaux logements aux locataires qui payaient régulièrement. Les autres, les gens à problèmes, on les a relégués dans les immeubles les plus pourris qu'on ne voulait plus rénover parce que de toute façon c'était mission impossible : un vrai travail de Sisyphe, à recommencer tous les matins. Escaliers et halls d'immeuble tagués, canettes, papiers, ordures diverses jetées à même le sol, depuis les balcons, sur les pelouses. Un nouveau mode de vie s'est imposé dans ces immeubles, malgré la résistance des anciens. Mais les nouvelles générations ne discutent plus avec les anciens et les méprisent. Parce que respecter un ordre, un règlement  ou une loi, pour eux c'est méprisable. Ils sont entrés en guerre contre tout ça. Leur musique l'exprime sans arrêt.

Dès qu'ils sont contrôlés, arrêtés, interrogés ou incarcérés, alors c'est l'émeute. Leurs copains se lancent dans la guérilla urbaine pour les venger : il faut se faire du flic, à coup de pierres, de cocktails Molotov ou de tirs de carabines. Ils ont enfin trouvé un responsable de leur vie misérable et ils se sentent confortés et justifiés dans leur haine. Ils entrent dans la peau des héros.

— Doc, vous seriez pas un peu raciste vous aussi, contre les Arabes ?

— Arabes ou pas, peu importe pour moi. Ce n'est pas là que passe la ligne de démarcation. Les gens nocifs selon moi ce sont tous ceux qui exercent la violence, soit « légale » en cols blancs dans les banques, les marchés financiers et les multinationales, soit « illégale » dans les rues à coups de Kalachnikov. Quant aux Arabes, je me sens proche des vieilles générations qui ont souffert et trimé dur sans jamais se plaindre et sans chercher à échapper au travail et à vivre d'expédients. Ils avaient pris la relève des vagues antérieures d'immigrants politiques et économiques, Polonais, Italiens, Espagnols et Portugais, qui eux aussi avaient subi le racisme, le mépris et les sobriquets: polacks, ritals, espingouins ou portos. Avant de réussir à s'intégrer.

J'aime moins les nouvelles générations qui ne veulent rien branler, juste profiter des avantages que notre société leur offre et gagner de l'argent facile. Et surtout je n'aime pas du tout ceux qui veulent importer ici des coutumes moyenâgeuses et qui crient à la discrimination et à l'intolérance dès que nous leur rappelons nos règles de vie commune.

— Doc, je me souviens de ce lundi matin du mois de mai, après le vote pour le Parti Gaulois. La ville entière était comme morte. C'était flippant : on se demandait ce qui allait nous arriver.

— Oui, je me souviens aussi. Je me suis dit : ceux qui ont voté pour eux se terrent dans leur logement, comme honteux et effrayés d'avoir osé faire ça dans le secret de l'isoloir, d'avoir enclenché un processus radical qui maintenant leur échappe ; et ceux qui n'ont pas voté pour eux attendent terrorisés ne sachant pas ce qui va leur tomber dessus, mais sûrs d'une chose : ils seront les prochains coupables désignés.

— Doc, ce Parti Gaulois, pourquoi on l'a pas interdit avant qu'il n'arrive au pouvoir ? Pourquoi on l'a laissé diffuser sa propagande ? Pourquoi on lui a même donné de l'argent pour faire ses campagnes électorales ?

— Parce que dans un Etat de Droit on ne peut pas mettre hors d'état de nuire des gens qui ont des intentions nocives supposées avant qu'ils n'aient fait physiquement quelque chose d'illégal. Il faut qu'il y ait eu crime ou délit. Nous avons les mains liées par le Droit, ils le savent et en ont profité pour avancer leurs pions.
On peut dissoudre un parti, mais il peut toujours se reconstituer sous un autre nom sans changer de projet. D'autant que son véritable projet est ici bien sûr secret et inavoué. On pousse juste les gens dans cette direction tout en se gardant de la verbaliser explicitement.

— S'ils ont déclenché une vraie guerre contre nous, c'est qu'ils étaient déjà en guerre depuis longtemps. Alors pourquoi n'avons-nous pas riposté avant ? Si on est en guerre, y a-t-il encore un Droit pour les protéger, eux qui veulent tous nous tuer et qui se moquent du Droit ?

— C'est la grande faiblesse et le grand paradoxe de l'Etat de Droit : il applique la loi de la même manière à ses ennemis de l'intérieur (les délinquants, les criminels et les terroristes) et aux braves citoyens. C'est tout à son honneur mais, du coup, le combat est inégal, parce qu'il se refuse à appliquer l'adage révolutionnaire de Saint-Just : « Pas de liberté pour les ennemis de la liberté. »

J'ai rêvé de l'Andalousie au temps où vivaient ensemble Juifs, Chrétiens et Musulmans, avant 1492. Avant que Ferdinand d'Aragon et Isabelle de Castille n'expulsent les Juifs d'Espagne, à la fin de la Reconquista. « Tanto monta, monta tanto, Isabel como Fernando ». Certains de ceux qui s'étaient officiellement convertis au christianisme, les Marranes, ont réussi à rester et à pratiquer leur religion en cachette.

Les Morisques quant à eux ne seront expulsés qu'en 1609 par Philippe III. Là aussi certains ont réussi à passer entre les mailles : on retrouve leur ADN chez les Espagnols actuels.

C'était à Almería. J'y allais avec ma mère et ma grand-mère un jour de marché. Nous arrivions à pied, après avoir été déposés par le bus qui descendait de Huércal Overa.

Je sais que ce n'est pas possible. Je n'ai jamais vécu là-bas.

Pourtant je me sentais chez moi. Je donnais ma main droite à ma mère et ma main gauche à ma grand-mère et nous

avancions le long d'une grande avenue
bordée de palmiers qui menait du port à la
ville haute. De part et d'autre les étals de
fruits et de légumes débordaient de
couleurs et d'arômes. Les vendeurs d'épices
alignaient les roux, les jaunes, les rouges,
les verts et toutes les nuances des terres de
Sienne. Les rôtisseurs faisaient tourner
agneaux et poulets. Les immenses paellas
doraient leur riz au safran et dégageaient
leurs fumets de seiches, de crevettes, de
moules et de palourdes. Plus loin les
cuisiniers arabes proposaient leurs
couscous, leurs tajines, leurs méchouis et
leurs pâtisseries gorgées de miel. Du côté de
la Vieille Juiverie les baies des cuisines
ouvertes sur la rue offraient les falafels, la
dafina, les tzimmes au jus d'orange, la
hargma aux pieds de bœuf, la shakshuka
aux œufs, les hamims, le derbali, et bien
sûr le couscous aux oignons confits et le
tajine de poulet aux grenades.

J'avançais, enivré par tous ces
parfums, ces fumées que le vent du matin
portait à mes narines, par ces couleurs qui
me sautaient aux yeux, par tous les bruits

que l'air jetait dans mes oreilles, et surtout transporté par ces flots de phrases où se mêlaient les musiques des mots andalous, arabes et ladinos. Les vendeurs me souriaient, nous nous ressemblions tous, j'étais des leurs, nous étions tous « ceux d'Almeria », à nouveau réunis comme au bon vieux temps. Avant l'expulsion et l'exil vers l'Afrique du Nord.

Dans les années 50 nous étions les seuls réfugiés espagnols du village. Enfin, pas vraiment les seuls : il y avait une autre famille avec un fils unique, comme nous, mais nous étions fâchés. On ne m'a jamais dit pourquoi. Il ne fallait pas leur parler. Mon père les appelait « los Maños » c'est-à-dire les Aragonais. Nous, nous faisions partie des Andalous qui avaient émigré dans un premier temps en Catalogne.

Déjà entre Espagnols c'était divisé.

Par ailleurs le village entier était lui aussi divisé, bien avant notre arrivée, entre catholiques et protestants. Rive droite : le château des Castelnau, l'église, l'école privée, la mairie, la poste, le couvent des sœurs et le cimetière catholique. Rive gauche : le château des Belfortès, le temple protestant, l'école laïque et un autre cimetière réservé aux protestants.

Moi j'étais entre les deux rives : né sur la rive droite, officiellement catholique (ça c'était ma mère), mais scolarisé rive gauche à l'école laïque (ça c'était mon père), tout en suivant les cours de catéchisme rive droite.

Un pied sur chaque rive.

J'ai rêvé de la guerre civile en Espagne entre républicains et franquistes, de 1936 à 1939.

Je suis dans la tranchée des républicains à côté de mon capitaine, Jaume Ripoll. C'est la fin de la guerre. L'hiver 38-39. La débâcle pour nous. Nous savons tous que c'est plié, que nous allons devoir battre en retraite devant l'avancée des franquistes, abandonner les dernières poches de résistance en Catalogne, et fuir vers la France.

Trois soldats républicains de ma compagnie ont essayé de passer chez les franquistes cette nuit pour sauver leur peau et ne pas quitter leur pays. Ils se sont perdus sous les barbelés, ont tourné en rond dans le brouillard et sont finalement revenus sans le savoir à leur point de départ en criant :

« No disparen ! que pasamos ! » (Ne tirez pas ! nous passons de votre côté !).

Reconnaissant notre uniforme, le capitaine à côté de moi les abat tous les trois avec son revolver au moment où ils sautent dans la tranchée :

« Cabrones ! Cobardes ! » (Salopards ! Lâches !).

J'assiste sidéré à cette exécution, les oreilles explosées par les trois coups de feu.

Au réveil je me rends compte que ce rêve n'est pas qu'un rêve : il ne fait que reprendre un événement que mon père avait raconté devant moi une fois à un de ses amis. Un souvenir de sa guerre. De celle qui lui était tombée dessus à vingt-quatre ans.

Dans mon rêve je suis à la place exacte de mon père et je revis à mon tour un des événements qui l'ont le plus traumatisé.

« Doc, c'est quoi la différence entre une guerre et une guerre civile ? Depuis que le Collège est fermé et que je ne vois plus mon prof d'Histoire, j'entends autour de moi les gens dire que nous sommes entrés en guerre civile. J'aurais bien aimé que mon prof m'explique.

— C'est assez simple. Une guerre c'est entre deux pays ou deux coalitions de pays. Ce sont leurs armées qui s'affrontent, c'est-à-dire des soldats en uniforme qui défendent leur patrie, leur territoire et leur drapeau. Comme en 1870, en 1914 ou en 1939. Français contre Allemands.
Une guérilla ce sont des citoyens d'un pays qui prennent les armes pour abattre le gouvernement en place, qu'ils jugent illégitime. Ce sont des civils qui s'organisent militairement contre l'armée de leur pays. Comme à Cuba en 1956, en Bolivie en 1966 ou au Nicaragua en 1978.
Une guerre civile c'est quand un pays entier se divise en deux clans irréconciliables, quand plus aucun dialogue n'est possible, et quand chacun veut éliminer l'autre, le faire disparaître. Ce ne sont plus des soldats étrangers en uniforme qui sont visés, mais l'adversaire intérieur : des civils qui tuent d'autres civils, comme au Rwanda en 1994, les tutsis

exterminés par les hutus. Ou comme dans l'ex-Yougoslavie de 1991 à 2001, entre Serbes et musulmans.

C'est parfois une partie de l'armée qui fait un coup d'Etat et qui attaque l'autre partie et la population civile restée fidèle au régime, comme en Espagne en 1936.

— Mais aujourd'hui en France, c'est vraiment une guerre civile ?

— On peut dire comme ça, à cette différence près qu'une partie de la population, les Gaulois, a le soutien de l'armée, de la police et des milices citoyennes. C'est une guerre d'expulsion et d'extermination d'une partie de la population qui était là depuis des années, et qui est rejetée comme étrangère, inintégrable. Pour certains c'est une guerre de reconquête du territoire, comme la Reconquista en Espagne au XV° siècle, qui a vu les rois catholiques expulser les musulmans et les juifs. »

La France est entrée en guerre civile. On nous l'annonçait depuis longtemps. Certains n'y croyaient pas. D'autres l'attendaient avec impatience, pour pouvoir enfin en découdre et en finir. Ce coup-ci on y est.

Jusqu'ici la guerre était toujours ailleurs, très loin, en Afrique ou au Moyen-Orient, chez les pauvres. Mais là elle est chez nous, dans nos villes, elle traverse nos quartiers, elle oppose des gens qui jusqu'ici se croisaient sans vraiment se fréquenter et cohabitaient avec une relative distance.

Les gens étaient excédés depuis de nombreuses années par les attentats, les agressions de profs, de médecins, d'infirmières, de policiers, de gendarmes, de pompiers, de militaires, de surveillants de prison, par les voitures et les bus brûlés, par la morgue des caïds qui contrôlent leurs territoires de trafics, par les règlements de compte en plein jour, impunis, par les prisons surpeuplées où les trafiquants sont rois. Par le retour rapide dans la ville de tous les voyous passant par la case prison d'où ils continuaient à gérer leurs affaires par téléphone. Par les terroristes qui se moquaient de nous et passaient tranquillement les frontières pour venir frapper au cœur même de nos villes.

Alors les gens, dégoûtés par l'impuissance des politiques traditionnels de tous bords, de la droite bourgeoise à la gauche bourgeoise, ont élu un gouvernement d'extrême-droite issu du Parti Gaulois. Un gouvernement anti-système, élu pour anéantir l'ennemi intérieur.

Ce gouvernement a immédiatement décrété l'état de siège et fermé toutes les frontières aux ressortissants des pays musulmans, sunnites ou chiites, y compris les binationaux. Il a rapatrié toutes les troupes françaises qui se battaient en Afrique et au Moyen-Orient, mobilisé toute l'armée, la police et la gendarmerie, rappelé tous les réservistes et favorisé la création de milices armées gauloises (dites « milices citoyennes ») dans tous les quartiers des grandes villes et jusque dans les villages. Avec une autorisation de ces milices, tout citoyen gaulois peut se procurer toutes les armes qu'il souhaite, fusils de chasse ou fusils d'assaut, armes de poing et armes blanches. Des centaines d'armureries ont vu le jour et se sont approvisionnées à l'étranger. On entre dans une milice au faciès et en prouvant ses origines ; et on n'entre dans une armurerie qu'au faciès et muni d'un papier officiel d'appartenance à une milice : une pièce d'identité française ne suffit pas. Très vite le gouvernement n'a pu contrôler ces milices et les a laissées faire, attisant même le feu par une campagne télévisée. Ce fut l'opération « *Mobilisation générale* ».

La deuxième mesure a été l'annulation rétroactive de tous les décrets de naturalisation des personnes venues des anciennes colonies françaises d'Afrique, et ce à partir de 1962. Ce qui a automatiquement retiré la nationalité française à tous leurs descendants. Ils devenaient de ce fait expulsables.

L'opération « *Ulysse* » ou « *retour au pays* » a alors commencé. Tous les ferries de Marseille, Sète et Port-Vendres ont été réquisitionnés et une navette ininterrompue s'est mise en place jour et nuit vers l'Algérie, sans billet de retour. Les Marocains et les Tunisiens se débrouilleraient ensuite sur place. Les gens venus de l'Afrique sub-saharienne aussi.

La troisième mesure a été la suppression de toutes les aides sociales dont vivait une grande partie des habitants des cités (allocations familiales, aide au logement, AAH, RSA, Assedic…), assortie d'une prime de retour au bled. Ce fut l'opération « *Robinets* ». Beaucoup de personnes âgées et de familles avec des enfants en bas âge sont parties immédiatement.

La quatrième mesure a été le rétablissement de la peine de mort pour tout acte terroriste et pour toute agression sur un policier, un militaire ou un surveillant de prison. Ce fut l'opération « *Talion* » ou « *œil pour œil* ».

A l'annonce de ces mesures des mutineries ont éclaté dans toutes les maisons d'arrêt. Plusieurs surveillants ont été égorgés. Cette révolte a permis au gouvernement de lancer sa cinquième opération dite « *Augias* ». Tous les détenus originaires de familles venues des anciennes colonies, soit entre 60 et 70 % de la population carcérale, ont été abattus dans leurs cellules quand ils ne l'avaient pas été dans les couloirs de la prison. Sur les 78767 détenus dans les prisons françaises on dénombre 52324 victimes dont la presque totalité des longues peines.

Le ministre de la justice s'est justifié à ce sujet : « *Puisqu' à l'occasion de ces émeutes sanglantes dans nos prisons, nous avions sous la main une grande partie des fauteurs de troubles qui pourrissent nos cités, nous en avons profité pour les éliminer sur place, ça nous fera des économies de frais d'hébergement et de procédures de justice inutiles : atteinte à la sûreté de l'Etat. Les inhumations sont réalisées par les autres détenus : ça les calmera. »*

Dès le premier jour, les jeunes des cités, armés par les dealers, ont lancé en représailles des expéditions vers le centre-ville pour piller les magasins et attaquer la population. La terreur s'est installée avec tirs de Kalachnikov et jets de cocktails Molotov sur les vitrines, les voitures, les bus et le métro, incendies d'immeubles, de cinémas, de bars et restaurants. Explosifs dans les églises et les synagogues.

En réponse l'armée a immédiatement encerclé en une nuit toutes les cités et installé à toutes les entrées et sorties des checkpoints. Les chars Leclerc AZUR se sont positionnés sur tous les points stratégiques autour de la ville. Les rocades et les périphériques ont été également barrés par l'armée qui filtre les passages au faciès.

Le Grand-Mirail a été complètement isolé de la ville : Bagatelle, La Faourette, Bellefontaine, La Reynerie, Papus, Tabar, Bordelongue. 80000 habitants pris au piège. Même encerclement pour Empalot (8000 habitants) et Les Izards (4000 habitants). C'est la sixième opération dite « *Souricière* ».

Le ministre de l'intérieur a déclaré : « *Depuis des années ils nous narguaient en prétendant contrôler leur territoire et nous interdire toute intrusion chez eux. Eh bien nous les avons pris au mot : nous les avons enfermés dans leur territoire. S'ils en sont les patrons, qu'ils se débrouillent pour y survivre. C'est le blocus. C'est le ghetto. Ils n'en sortiront plus, sauf à poil ou morts. Aucun véhicule ne sort ni n'entre. Aucune marchandise ne transite, sauf les courses alimentaires de première nécessité, portées par un piéton.*

*Ils se croyaient les plus forts. Ils nous ont insultés et agressés pendant des années. Maintenant nous leur disons « ça suffit ! ». Les gouvernements précédents n'ont pas osé pendant trente ans donner un grand coup de pied dans la fourmilière, alors maintenant nous y mettons le feu. Ils n'ont que ce qu'ils méritent.*

*Jamais une minorité de quatre millions d'individus n'imposera sa loi à soixante cinq millions de citoyens. Le gouvernement avec l'aide de la police, de l'armée et des milices citoyennes va leur imposer la loi, la seule, la nôtre. C'est nous qui sommes chez nous ! »*

La consigne est claire pour tous. Autrefois les forces armées avec leurs grenades lacrymogènes et leurs flash-balls n'avaient droit à aucune bavure, aucun blessé parmi les agresseurs. Maintenant ordre est donné d'abattre immédiatement tout agresseur potentiel. Sans sommations. A balles réelles.

Depuis, la ville est découpée en quartiers étanches. Des snipers sont embusqués sur les toits et tirent sur tout ce qui leur semble suspect dans la rue.

Aucun véhicule civil ne circule en ville. Si l'un d'entre eux tente de contourner un checkpoint ou de le passer en force, ses occupants sont abattus et le véhicule détruit.

Les gens ne sortent qu'en petits groupes armés, à la nuit tombée, en rasant les murs. Ils vont casser les supérettes pour s'alimenter.

Les pompes à essence sont bloquées par des groupes armés qui trient les clients au faciès et à la pièce d'identité.

Certains groupes font des razzias à la campagne, vers l'Ariège, le Tarn, le Tarn-et-Garonne, le Gers… pour ramener poulets, lapins, œufs, fruits, légumes, charcuterie et fromages. En braquant les paysans.

Des hommes en armes contrôlent les points sensibles : la télé, la Mairie, la Préfecture, le Conseil départemental, le Conseil régional, l'Etat-Major, les casernes, les commissariats et les hôpitaux. Les écoles, collèges, lycées et universités, pas la peine : tout est fermé depuis le début des événements.

La ville est comme morte.

Les seuls bruits dans la ville : le vacarme des hélicoptères et le bourdonnement discret des drones.

C'est pareil dans toute la France. Dans toutes les grandes villes. Dans les villages c'est la gendarmerie et la milice qui font le boulot et qui arrêtent les groupes venus de la ville. Dans les fermes isolées les paysans barricadés ont leurs fusils de chasse et fabriquent des cartouches.

La basilique de La Daurade est toute belle ce matin. Elle est la dernière de la rive droite, tout près du fleuve, face aux longues façades de brique rose de l'Hôtel-Dieu déjà embrasées par le soleil. Elle a ouvert tout grand face à la Garonne son portail Ouest, protégé par le fronton triangulaire soutenu par les six colonnes, elle s'est ornée de vases d'arums, de grandes fleurs blanches en cônes ouverts vers le ciel, elle a étalé son tapis rouge dans l'allée centrale. La vierge noire a revêtu l'une de ses plus belles robes, blanche cousue d'or, offerte par un grand couturier parisien. L'organiste s'est déjà installé en haut, au clavier du grand orgue de tribune, et se prépare en plaquant quelques accords et en esquissant quelques débuts de mélodies.

Le quai et ses trottoirs commencent à se remplir d'invités endimanchés, d'hommes en smoking et de dames en chapeaux et robes longues. On attend un mariage qui va unir deux grandes familles célèbres à Toulouse, une famille de riches commerçants et une de hauts magistrats. Les premiers arrivés se sont déjà installés sur les bancs de la nef. Les derniers se pressent et complètent les rangées. Les limousines se garent silencieusement sur le quai, la future mariée paraît, prend le bras de son père et monte les marches du parvis.

L'organiste attaque la Marche nuptiale de Mendelssohn pendant qu'ils marchent vers l'autel. Les invités murmurent sur leur passage en s'extasiant sur la robe, aussi belle que celle de la vierge noire. Le futur marié l'attend debout devant son prie-Dieu, au pied de l'autel.

L'orgue se tait brutalement et un silence compact emplit la nef. Avant que le prêtre ne prenne la parole une déflagration terrible ébranle les voûtes et les colonnes, une fumée opaque envahit tout, les gens s'effondrent couchés par le souffle.

L'explosion est partie du petit orgue de chœur : une charge déclenchée à distance par un téléphone portable. Classique.

Un à zéro.

« Doc, c'est quoi le terrorisme ? J'entends ce mot depuis l'école primaire. Pour moi ça sonne comme terrible ou terreur ou terrifiant.

— Oui, et aussi terre, terrain, terreau, territoire, si tu vas par là.

— Ok. Mais je ne comprends pas : qui avons-nous le droit d'appeler vraiment terroriste ?

— En France les historiens ont appelé « Terreur » la période où les révolutionnaires, en 1793 et 1794, ont enfermé, jugé et exécuté les tenants de l'Ancien Régime, et tous ceux qui étaient décrétés contre-révolutionnaires.
Dans certaines circonstances historiques, on est toujours le terroriste de quelqu'un : dès que l'on s'oppose par la force à une autorité qui se prétend légitime.
Pendant l'Occupation tous les résistants qui prenaient le maquis et qui attaquaient les colonnes allemandes sur les routes ou faisaient sauter les trains étaient exécutés en tant que terroristes. Les Allemands s'en prenaient même aux villageois qu'ils soupçonnaient de les protéger, de les ravitailler et de ne pas les dénoncer : ils exécutaient des otages et rasaient

leurs villages pour complicité avec les terroristes.

Pendant les guerres d'indépendance, les actes de violence contre les troupes coloniales étaient qualifiées par l'occupant d'actes de terrorisme.

Le soulèvement des Kurdes contre la domination alaouite en Syrie au sud ou contre la domination turque au nord, les attaques palestiniennes contre les Israéliens dans les territoires occupés: à chaque fois c'est le maître qui, lorsqu'il se sent menacé, récuse la légitimité de cette résistance en la qualifiant de terroriste.

En Europe au XXI° siècle on est plutôt face à des attaques pilotées depuis des pays étrangers et alimentées par leur idéologie. Des attaques ponctuelles et sournoises sous forme d'attentats qui visent à semer la panique (la terreur) chez les civils, et à faire en sorte qu'ils se sentent menacés en permanence dans leur vie au quotidien.

— Et après, quand la guerre est finie, les vainqueurs dressent des monuments, mettent des plaques dans les rues, et les anciens terroristes deviennent les héros de la libération.

— On est un terroriste tant qu'on n'a pas gagné. Après on devient un

martyr ou un héros qui a donné sa vie
pour la juste cause. »

Le marché de la place Abbal est le plus grand marché de plein vent de La Reynerie. Autrefois on y trouvait de tout : fruits, légumes, viandes, poissons, épices, vêtements, chaussures, maroquinerie, produits de beauté, quincaillerie, ustensiles de cuisine, linge de maison, mercerie, jouets... Sauf que maintenant, avec les checkpoints, les camions des commerçants ne peuvent pas entrer : il faut tout amener par petites quantités, à pied, dans des chariots ou des remorques. Les camions doivent stationner plus loin, aux portes de la ville. Etat de siège.

Ce jeudi matin les vendeurs sont plus nombreux que d'habitude, les clients aussi : c'est le plus gros marché de la saison, juste avant la pause de l'été. Il est onze heures, c'est le pic d'affluence, la place grouille de monde. Les trois pays du Maghreb sont là, la plupart des pays d'Afrique aussi : ceux de l'Ouest, Mauritanie, Sénégal, Gambie, Guinée, Mali ; ceux du Sud-Ouest, Côte d'Ivoire, Ghana, Togo, Bénin, Nigéria, Cameroun, Gabon ; et même ceux de l'hémisphère Sud, Madagascar, Réunion, Maurice, Comores et Mayotte... Toutes les anciennes colonies sont là. Les enfants sont en vacances depuis la fin mai (faute de profs) et courent partout entre les étals. Ils emplissent le marché de leurs cris et de leurs rires : c'est la fête !

Une parenthèse de joie dans une semaine de crainte et de suspicion : le danger peut venir de partout, même d'un enfant ou d'une femme voilée qui se fait passer pour une musulmane, ou d'un homme voilé qui se fait passer pour une femme...

Une Ford Fiesta bleue est mal garée : elle est sur l'emplacement habituel de Youssouf, un vendeur de maroquinerie. Un petit attroupement se fait : personne ne connaît le propriétaire de cette voiture, alors on va tous aider à la déplacer, s'il faut elle est même pas fermée à clef. Youssouf se penche, regarde à l'intérieur et saisit la poignée : en effet elle s'ouvre sans difficulté... Une énorme déflagration couche tout le monde à terre après avoir projeté Youssouf en l'air. Les débris de la voiture volent en tous sens, des tôles, des éclats de verre, des boulons et des vis projetés par la bombe perforent les têtes et les poitrines sur trente mètres à la ronde, les corps s'écroulent, le sang gicle, les blessés tentent de s'échapper en marchant ou en se traînant sur les cadavres ensanglantés. La place Abbal est devenue en un quart de seconde un champ de ruines, le souvenir d'un champ de bataille, une bataille qui n'a pas eu lieu car il n'y avait ici aucun combattant.

L'ennemi n'est pas là : il observe le résultat à la jumelle depuis la colline de Pech-David. Les représailles pour l'attentat de la basilique de La Daurade n'ont pas tardé.

Un à un.

« J'arrête pas de penser à la mort en ce moment, Doc.

Qu'est-ce qu'on devient après la seconde où on meurt ?

Est-ce qu'on sait qu'on est mort ?

A quoi est-ce qu'on peut le voir ?

Est-ce qu'on en est sûr ?

Qu'est-ce qu'on sent ? On voit des trucs ? On entend des paroles ?

C'est comme quand on dort ?

Ou comme dans l'anesthésie générale?

— Personne ne peut répondre à ta question, par définition.

Moi je crois que c'est ta dernière hypothèse qui est la plus probable : anesthésie complète et définitive.

Aucune religion ne croit à la mort. Elles essaient toutes de nous persuader qu'une autre vie continue après, car cesser d'exister est difficile à imaginer et inacceptable pour beaucoup. La vie après la mort est un levier puissant pour faire peur aux gens et aussi pour les tenir par l'espoir de la récompense ou la crainte du châtiment qu'elles utilisent toutes. »

« Je ne sais pas si ce truc-là marche encore, si quelqu'un arrivera à lire mon blog sur mon site, mais je dois écrire, c'est tout ce que je peux faire aujourd'hui, pour témoigner de ce que je vois, de ce que j'ai vu ces dernières années, et pour dire comment je comprends le passage de l'un à l'autre. Ceci est une bouteille à la mer pour dire à d'autres (que je ne connais pas ) qu'ils ne sont pas seuls à juger que tout ça est une vaste folie, prévisible (certains du moins l'avaient prévue), mais que peut-être, plongés au fond de l'abîme, dans l'horreur de l'horreur, nous arriverons à nous reconnecter entre nous, à tirer des fils, à reconstruire pierre à pierre cette société qui s'est effondrée sous nos yeux, sous leurs coups. Une civilisation que nous croyions pérenne et qui est tombée comme un château de cartes en quelques semaines.

Pour témoigner que la pulsion de vie est toujours là, chez plus de gens qu'on ne croit, de toutes origines et de toutes conditions. Que la petite braise cachée sous la cendre ne demande qu'à se ranimer.

Ce blog n'est aujourd'hui qu'une flamme de bougie vacillant dans les ténèbres, qui en attend d'autres, éparpillées pour l'instant, terrées pour survivre, mais qui n'aspirent qu'à se rejoindre.

Pendant des années la télé a matraqué le même mensonge : « l'affrontement entre riches et pauvres — la lutte des classes — n'existe pas, c'est une illusion morte du XIX° siècle. Les seuls affrontements réels sont raciaux, ethniques, religieux, civilisationnels, nord/sud : voilà nos vrais ennemis.

Et du coup l'affrontement droite/ gauche n'a pas de sens. »

Alors mes amis, diffusez ce message, il est encore temps : on nous a artificiellement dressés les uns contre les autres, on nous a lavé le cerveau et greffé un nouveau logiciel qui nous impose cette unique « vérité » comme définitive, sans alternative possible ; ensuite on nous a armés et on a favorisé l'expression de la folie meurtrière en nous persuadant que le bain de sang réglerait tous nos problèmes. On nous a manipulés méthodiquement avec des techniques modernes hyper-efficaces !

Mais nous trouverons bien le moyen de nous rencontrer et de commencer à reconstruire, rationnellement et fraternellement, contre la pulsion de mort.

La pulsion de vie résistera et surmontera tout ce qui cherche à l'étouffer. N'écoutez plus les paroles officielles de la télé ou des semeurs de haine. Soyez à l'écoute des paroles d'espoir et de résistance. Rassemblez-vous ! Vous êtes les plus nombreux ! Vous serez les plus forts ! Soyez solidaires contre vos vrais ennemis, la caste minoritaire qui se croit toute-puissante : les profiteurs, les exploiteurs et les manipulateurs.

Vive la vie ! »

Yazid est allé voir la place Abbal après s'être assuré que ni sa mère ni sa sœur n'étaient sorties faire le marché ce jeudi matin.

Il regarde le désastre, les yeux vides et secs, les bras ballants. Les débris métalliques, les gravats, les étals explosés, les corps déchiquetés, les taches de sang sur la dalle.

Cette fois-ci c'est trop pour lui. Les fous ont frappé au centre même de La Reynerie, de son village. Son cœur qui s'était arrêté se remet à battre à toute vitesse.

Il faut qu'il fasse quelque chose. Ça ne peut plus durer. Sa décision est prise.

Yazid repart à pied vers le checkpoint, il remonte l'avenue de Lombez vers la Patte d'Oie puis vers Saint-Cyprien, passe le barrage du pont Saint-Pierre, continue vers le Capitole et Saint-Sernin et va laisser un mot dans la boîte aux lettres de Gilabert, rue des Chalets, avec une grosse enveloppe de papier kraft qu'il portait dans son sac à dos. C'est le treize juillet au soir.

C'est trop dur Doc, j'y arriverai pas. Alors j'arrête. Je sais que vous allez être triste, mais comme vous dites parfois « la situation en est venue à un point tel qu'elle est désormais insoluble ». Comme en Palestine. Je ferme portes et fenêtres et je vais juste dormir et rêver. Merci pour tout ce que vous m'avez appris sur le banc. Ça a nourri mon cerveau et réchauffé mon cœur. J'emporte vos phrases dans mes oreilles. Elles me tiendront compagnie sur le chemin que je m'apprête à faire seul.

Vous tolérez toutes les religions, vous qui n'en avez aucune. Vous êtes contre ces fous du djihad. Mais un psychiatre qui est contre les fous c'est un peu bizarre, non ? Enfin je sais pas, c'est peut-être qu'ils ne sont pas vraiment fous ? juste méchants ? ou que personne ne les a aimés ? et que du coup ils n'ont que la haine ?

J'aimais bien l'ancien imam de mon quartier. Il était gentil et pacifique. Trop : ils ont réussi à le faire partir et à le remplacer par un cracheur de haine. L'ancien n'a rien pu faire contre les tueurs qui voulaient en découdre : ils ne sont pas accessibles au langage, ils ne savent que crier, tirer et égorger. Ils sont incapables de réfléchir tranquillement pour résoudre les problèmes. Leur moi n'est fait que de violence, elle les constitue entièrement, ils la cherchent dans les regards, la provoquent par les paroles, la diffusent autour d'eux. Ils ne pensent qu'en termes de territoire, mais même comme ça ils ne peuvent pas se contenter de vivre tranquillement dans leur territoire, ils aiment par dessus tout sortir du leur pour porter la violence dans celui des autres, pour montrer qu'ils sont les plus forts et qu'ils ne respectent rien. La coexistence pacifique, ils détestent. Ce qu'ils osent appeler religion n'est que mépris et volonté de dominer ou de détruire tout ce qui est différent d'eux.

Moi, ma mère m'a aimé et je n'ai jamais pu faire du mal, même à un méchant. Mais quand je sors dans la rue je vois dans les regards et j'entends dans ma tête : « Tu es comme eux, un sale arabe, un musulman. Tu n'as rien à faire ici, retourne au bled. Tu nous hais, tu nous tues, alors dégage ! »

Le problème c'est que je ne sais pas où je pourrais être chez moi. Ce que je vois de l'Algérie à la télé, c'est pas chez moi non plus, c'est pire qu'ici : corruption, misère et violence. Si je ne suis pas chez moi en France, alors c'est fichu : je ne serai chez moi nulle part.

Les gamins qui débarquent d'Afghanistan, d'Ethiopie, du Soudan, d'Irak ou de Syrie, ils doivent se sentir comme moi : de nulle part. Si ton pays est un champ de ruines et si personne ne veut de toi, alors tu n'es de nulle part, tu n'es rien. Tu ne peux accoster à aucun rivage. Il ne te reste qu'à te laisser engloutir par la mer : elle seule est accueillante.

Je vous laisse mes meilleures photos et tous mes poèmes dans la grosse enveloppe. A la fin je les écrivais juste pour vous.

Personne ne sait qu'on s'est parlé pendant tout ce temps : vous ne serez pas inquiété.

Je n'ai pas le courage de vous dire adieu Doc, alors je vous l'écris.

Adieu et merci.

Yazid

La place du Capitole où, par le passé, avaient toujours lieu un grand concert et un bal pour la fête nationale, le quatorze juillet, est déserte cette nuit. Les forces armées ont barré ses accès toute la journée pour empêcher les attroupements, puis se sont repliées vers quatre heures du matin. Les lampadaires sont éteints. Seuls brillent au centre les douze signes du zodiaque en métal jaune, éclairés par la lune. Le silence du couvre-feu s'est abattu sur la place comme un couvercle. Le cœur de Toulouse a cessé de battre.

Gilabert a tourné dans Toulouse toute la journée à la recherche de Yazid. Il est passé par tous ses coins préférés : les quais de la Garonne, les bords du canal, Rangueil, Pech-David, le Jardin des Plantes, le Jardin Royal, le Boulingrin, la Bibliothèque Municipale, la Médiathèque, Saint-Sernin, la rue du Taur. En vain.

Gilabert arrive par la rue de Rémusat, épuisé par sa journée de marche et sa nuit blanche. La place semble déserte, sauf quelque chose de blanc qui attire son œil : on dirait une affiche dressée sur un trépied métallique face à la Mairie. Il s'approche et lit :

« Je m'appelais Yazid. J'étais né à Toulouse de parents kabyles. Mais la France ne veut plus de moi, parce que des fous ont décidé de haïr la France et de tuer tous les Français. Et par malheur je suis apparemment comme eux, arabe et musulman. Alors que je ne suis ni l'un ni l'autre. Je suis juste Yazid, un ado qui avait des rêves et était content de vivre avec tous les gens d'ici, blancs, noirs, jaunes et arabes. J'aimais la nature, les livres, la vie et les couchers de soleil. J'aimais regarder les filles, leurs yeux, leurs cheveux et leurs jambes merveilleuses. Je prenais des photos, j'écrivais des poèmes. Je détestais tous ceux qui préfèrent la mort, la bêtise, la haine et l'inculture. Qui haïssent la beauté, la joie et la vie.

Mais ils ont été les plus forts. Je n'ai pas à moi tout seul pu leur résister.

Alors je m'en vais. »

A la faible lueur de la lune Gilabert le devine alors, tout petit, agenouillé au centre du cercle du zodiaque, un gros bidon jaune posé à sa droite. Il lui tourne le dos.

Gilabert comprend brusquement.
Un grand froid s'abat sur ses épaules et bloque son cœur.
Il se souvient. Des tas de jeunes, désespérés comme lui, se sont suicidés en Tunisie depuis le 17 décembre 2010, depuis l'immolation par le feu de Mohamed Bouazizi, commerçant ambulant de Sidi Bouzid, déclencheur du premier « printemps arabe » : un suicide par jour en 2015 ! Les psychologues de la télé ont mis ça sur le compte de « l'effet Werther », un suicide symbolique très médiatisé qui déclenche une vague de suicides par imitation, comme l'avait fait la publication des *Souffrances du jeune Werther* par Gœthe en 1774.
Et, depuis les « printemps arabes » de 2011, rien n'a changé en Tunisie pour les jeunes. Les vieux de tous bords ont repris les choses en main, religieux, militaires et politiques. Le tyran s'est enfui à Djeddah, en Arabie saoudite, où il coule des jours

tranquilles avec toute sa famille, mais ceux qui lui ont succédé sont toujours là, pour que rien d'essentiel ne change dans l'ordre social.

La révolution a été une fois de plus confisquée et dévoyée. La classe dirigeante est toujours la même. Seuls quelques noms symboliques ont disparu, sacrifiés pour faire croire au changement.

Gilabert s'approche sans bruit, s'agenouille à son côté, écarte le bidon, lui pose la main sur l'épaule et lui murmure :

« Je crois que tu as besoin de vraies vacances, Yazid. Tu vas venir avec moi dans mon village du Tarn, loin de toute cette folie. Demain matin avant notre départ tu avertiras ta mère et ta sœur. Tu prendras ton appareil photo et ton carnet, et on va finir l'été au calme, en philosophant sur ce que pourrait être la vie, tout en regardant nager les truites dans la rivière. Tu as mieux à faire qu'à te sacrifier à cause de tous ces cons.
Viens mon fils. On y va. »

www.ingramcontent.com/pod-product-compliance
Lightning Source LLC
Chambersburg PA
CBHW050322160726
48002CB00001B/149